ストーリー・プリンセス

レベッカ・ウインターズ 作
鴨井なぎ 訳

ハーレクイン・イマージュ
東京・ロンドン・トロント・パリ・ニューヨーク・アムステルダム
ハンブルク・ストックホルム・ミラノ・シドニー・マドリッド・ワルシャワ
ブダペスト・リオデジャネイロ・ルクセンブルク・フリブール・ムンバイ

THE STORY PRINCESS

by Rebecca Winters

Published by Harlequin Japan,
a Division of K.K. HarperCollins Japan, 2024

レベッカ・ウインターズ

17歳のときフランス語を学ぶためスイスの寄宿学校に入り、さまざまな国籍の少女たちと出会った。帰国後、大学で多数の外国語や歴史を学び、フランス語と歴史の教師に。ユタ州ソルトレイクシティに住み、4人の子供を育てながら作家活動を開始。これまでに数々の賞を受けてきたが、2023年2月に逝去。亡くなる直前まで執筆を続けていた。

主要登場人物

ドミナイ・ローリング……………歌手。子供向けテレビ番組の出演者。役名ストーリー・プリンセス。

ヘレン・アンデリン……………ドミナイの同僚。

カーター・フィリップス………ドミナイのプロデューサー。

ジャロッド・ウルフ……………小児科医。

ピーター・ウルフ………………ジャロッドの長男。

マイケル・ウルフ………………ジャロッドの次男。愛称マイク。

アマンダ・カールスン…………ジャロッドの亡き妻。

ミセス・モーン…………………ジャロッドの家の家政婦。

ライル・ホブスン………………ジャロッドの知り合い。

マージ……………………………ジャロッドのオフィスの受付係。

1

「……さあ、皆さん、もう一度言うからよく聞いてね。わたしといっしょに、そう、お話の王女様《ストーリー・プリンセス》といっしょに番組に出たい人はお手紙ください。なぜ出たいか、わけを書いてね。いちばんいい手紙を書いた人が出られるのよ。締め切りは金曜日、まだ間に合うわ。あて先はワシントン州シアトルＫＬＰＣテレビ局、私書箱９０００号。当選した人は手紙でお知らせします。じゃあ十歳以下の皆さん、お手紙待っているわ」

ピーター・ウルフが紙切れにあて先を書いている横で、弟のマイケルがテレビのスイッチを切った。もちろん手紙に集中するために。「マイク、きっと手紙はいっぱい来るんだろうから、うんとうまく書かなくちゃ」

「うん。ストーリー・プリンセスは世界一いい声で、世界一きれいだって書こうよ」

「ママにちょっと似ているんだよね」

「でもぼく、覚えてないもん。ストーリー・プリンセスがママだったらなあ。そうしたら毎晩お話聞かせてもらえるのに。ねえ、ぼくたちママがいなくて、それで出たいんだって書こうよ」

ピーターはしかつめらしくうなずき、赤々と火の燃える暖炉の前に腹ばいになって、手紙に取りかかった。マイケルがそれを熱心にのぞきこむ。

「そんなことをしてもむだだよ」横合いから父親が口をはさんだ。「ワシントン中から手紙が来るんだぞ、当選するのは死にかけている子ぐらいだ」

ピーターは首を伸ばして、新聞を読んでいる父親を見た。また怒っているのかしら、ママのことを言ったから？「本当、パパ？」

「たぶんね。レコードをもっと売って視聴者をもっと増やすための作戦だよ。死にかけている子が当選すればぐっと盛り上がるだろう？　ばかげた話さ。ストーリー・プリンセスのレコードはもうどこの家にもあるし、チルドレンズ・プレイハウス・レコード社はこれ以上もうけなくてもいいのに、やりすぎだ」

「やりすぎって？」マイケルは目を真ん丸にして父親を見つめた。

「去年のクリスマスの朝、まだプレゼントも開けていないのにツリーに飾ったチョコレートの鐘を全部食べて、おなかが痛くなった君みたいなものさ」父親が新聞の向こうでつぶやいた。

「ふうん」マイケルはよくわからないという顔をしてピーターを見た。「でもテレビに出たいな。きっと『ジンジャーブレッドマン』の役をやらせてくれるよ」

するとピーターがわけ知り顔に言った。「それはもうやったじゃないか。今度は別のお話だよ」

コーヒーテーブルにばさっと新聞を置く音がした。二つのブロンドの頭が振り返る。

「まあ、よくてコーラスグループにまぜてもらえるくらいだろうな」父親は立ち上がり、百八十センチの体を伸ばした。「君たちには天使に見えるだろうけれど、プリンセスといったってそこらのB級女優にすぎないんだ。レコード会社やテレビ局の金もうけに手ごろな、ね」父親はマイケルを抱き上げ、頬ずりした。「いいかい、マイク、ストーリー・プリンセスは子供が嫌いかもしれないぞ。番組が終われば、普通の人と同じように家に帰るんだ。君はテレビに映っているときのプリンセスしか知らない。でも映っていないときは、人格が全然違うかもしれないんだぞ」

「でも好きなんだもん！」マイケルは猛然と抗議した。「ぼく出たいよ」

「ほかの子もみんなそう思っている。だからばかげているんだよ。さあ、寝る時間だ、階上《うえ》に上がろう」父親はピーターの頭をなでた。「電気を消してくれるかい？　ミセス・モーンが消さなくてもすむようにね」

「はい、パパ」ピーターは明かりを消すと二人についていて階上に上がった。マイケルといっしょに使っている部屋からは、ポート・オーチャード湾が見渡せる。ふざけ合いながら歯を磨き、お祈りをすませてベッドに飛びこむと、マイケルはすぐに寝息をたて始めた。だがピーターは目をぱっちり開けていた。パパはなぜいらいらしていたのだろう……。

そのうちピーターはむっくり起き上がり、そっとベッドを抜け出して机に向かった。ストーリー・プリンセスに手紙を書くのだ。シアトルから真夜中に着くフェリーの霧笛が聞こえるころ、手紙はやっと書き上がった。

「ミス・ローリング、これで最後です」

赤毛の受付嬢が戸口で手紙の束を差し出すと、デスクに積まれた手紙の山からドミナイは疲れてうるんだ目を上げた。

「バスケットに入れておいて、あとで見るから」

受付嬢がドアを閉めるなり、ドミナイは椅子の背にどんともたれかかった。

レコードを作ったまではいい。でも宣伝のためにテレビのレギュラーショーを持たされて、それでも足りないとばかりに今度は視聴者参加コンテストだ。もう何百通読んだことか、それも力作揃《ぞろ》いを。家庭に問題のある子、大人の手を借りなければ手紙を書けない、重い病にかかっている子、そんな子たちの手紙の中から一通選べなんてむちゃな話だ。だいたいこの企画には反対だったのに、カーターのせいだわ、無理やり押しつけて。

ドミナイはため息をついて体を起こし、バスケットに手を伸ばした。

郵便局の話によると、応募の手紙はサンタクロースあての手紙より多かったらしい。もちろんプロデューサーのカーター・フィリップスはほくほく顔だった。さっそくパートタイマーを雇い、手紙の審査に当たらせた。だが最終選考はいっさいドミナイに任されているのだ。

いつのまにかプロダクションのオフィスには誰もいなくなっていることにも気づかず、ドミナイはさらに二時間仕事に没頭した。残念ながら、コンテストが始まってから二週間、いまだにこれと思う手紙に出合っていなかった。

しょぼしょぼした目にブレマトンの消印のある封筒が映った。今日はこれでおしまいにしよう。封を切りながら、ドミナイの頭には熱いシャワーとふかふかのベッドがちらついた。

手紙を広げると、思わず顔がほころんだ。たどたどしい字の連なりが行の端に近づくにつれ、つまって右下がりになっている。一字一字に気を取られ、全体のバランスにまで注意がいかなかったのだろう。懸命に書いているようすが目に浮かぶようだ。テクノロジーの世とはいっても、空想の世界は相変わらず子供たちのあこがれの的なのだ。

〈こんにちは、ストーリー・プリンセス

パパは、王女様は手紙を読んでくれないし、子供が好きじゃない、と言っています。ただみんなの注意を引きたいだけだって。でもぼくはそうは思いません〉

ドミナイの顔から笑みが消えた。彼女は椅子に座り直すと真剣なまなざしで読み始めた。

〈王女様はとてもきれいです。ぼくもマイケルもそう思っています。マイケルは弟です。それに、王女様の声は世界でいちばんきれいです。王女様を見ると、ぼくたちはママを思い出します。ママは死んで、天国にいます。マイケルも、じきママのところに行きます。でも、その前に、マイケルは王女様に会いたがっているのです〉

ドミナイは食い入るように手紙を見つめた。

〈王女様に会えたら、マイケルは地球でいちばん幸せです。それに、コンテストが作戦じゃないことを、パパもわかってくれます。パパは王女様のことを、B級女優だと言います。B級ってなんだかわかりません。でも、王女様は子供が好きです。それはわかります。だって声がきれいなんだもの。

パパは、王女様はうちに帰ると王女様じゃなくなる、と言います。そんなこと嘘《うそ》だと思います。だからお願いします。あなたの友達のピーターとマイケル・ウルフ

追伸。マイケルが出られたら、ぼくも行っていいですか？　ぼくは八歳、マイケルは五歳です。

追々伸。ミセス・モーンも行っていいですか？　ぼくたちの面倒を見てくれている人です〉

ドミナイは目を丸くした。笑っていいのか、泣いていいのか。それにしても……。

椅子ががたんと音をたてた。立ち上がったドミナイの手には手紙が握りしめられていた。

B級女優ですって？　いくら不幸な父親だからといって……。

一度はオペラ歌手を志したこともあるドミナイだった。父の希望だったのだ。だが荷が重すぎて、結局挫折《ざせつ》してしまった。

ドミナイはもう一度手紙に目を走らせた。この父親はたぶんもうなんの望みもないのだ。そしてお金も。子供の入院費は天文学的な額に達しているに違いない。

ドミナイはうつむいて部屋の中を行ったり来たりし始めた。

この家族を救えるのは奇跡ぐらいだ。彼女はピーターのことを考えた。打ちひしがれた父親に代わって、年端もいかないのに、けなげにも弟の幸せに心を砕くピーター……。

このコンテストの企画が持ち上がって以来、初めてドミナイの心が動いた。ストーリー・プリンセスに会うことが多少なりともこの子たちの慰めになるのなら、コンテストをしたかいがあったというものだ。

ウルフ家の子供たちと一日過ごす。それも丁重にもてなす、父親が難癖をつけられないほどに。きっと忘れられない日になるに違いない、マイケルにとって。もちろんピーターにとっても。ピーターの弟に対する愛がなければ、わたしは彼らのことを知ることもなかったのだ。ああ、本当に魔法の力があったら……避けられない運命を変えることができれば……。

ドミナイはタイプライターに向かって当選通知の作成に取りかかった。でき上がると、満足げに手紙を見た。これでよし、これで……。わたしがただのB級女優ですって？　この子たちの父親も自分の思い違いを認めるわ。

ドミナイは手紙を見つめながら自分の生いたちを思い返した。

わたしの歌の才能を見抜いたのは父だった。父も母も、いつかわたしがメトロポリタン歌劇場でカルメンやアイーダを演じる日を夢見た。年ごろになると――そのころ母はすでにこの世になかったが――わたしはイタリアに送りこまれた。でも結局、修行半ばでシアトルに戻ってきて、父をがっかりさせてしまった。

けれど、わたしの夢は別のところにあった。子供相手にお話や歌を聞かせる、それが夢だったのだ。だからわたしは今の仕事に満足している。

もちろんわかっている。父と母は、ひとり娘の才能が開花するのを望んでいたのだ。すてきな両親だった。美術、旅行、両親の豊かな感性――そういったものに囲まれていたすてきな日々。牧歌的なあの少女時代にどれだけ刺激を受けたことか。でも人を押しのけてでも世に出ようという野心が、わたしにはなかったのだ。舞台で脚光を浴びるということに、それほど興味がなかった……。

ドミナイは顔を上げた。十一月十日になれば、ピーターの父親は自分の思い違いに気がつくはずだ。

手紙をカーターのデスクに置くと、ドミナイはプロダクションのオフィスを出た。マーサー・アイランドのアパートメントに向かいながら、彼女の心は軽かった。番組の中で子供たちに演じてもらうお話はもう決まっている。もちろんマイケルにその体力があるかどうかわからない。でも、いずれにせよ、楽しいひとときになるに違いない、とドミナイは確信していた。それにあの子たちの父親の誤解も解いてみせる！　そのときピーターがどんなに喜ぶことか！

「来たよ！」マイケルが海沿いの道を指して叫ぶと、ピーターはパーカーをつかんで雨の中に飛び出した。そのあとをマイケルが追う。

手紙を出してからもう三週間になる。マイケルは当選するものと決めていたが、ピーターはひそかにあきらめていた。それでも郵便配達夫の姿を見ると胸が騒ぐ。

「坊やたち、わしを待っていたところを見ると、よっぽど大事な手紙を待っているんだな」年のいった配達夫がしわを寄せて笑った。「いったい何事だい？」

「ないしょだよ！」マイケルが声を張り上げた。

「そうかい、じゃ、何があるか見るとしようか」

配達夫がかばんからゴムバンドで留めた手紙の束を取り出すのを、マイケルは一歩下がって見上げた。なんだ、いつもパパに来る手紙じゃないか。ピーターはため息をついて帰りかけた。

「ちょっと待った。こいつじゃないかな？」

ピーターは振り向いて配達夫の差し出す手紙をまぶしそうに見た。「それ……ぼくあて？」

「そうとも。ピーター・ウルフ様、差し出し人は、と……ＫＬＰＣテレビだ」

ピーターは震える手で手紙を受け取った。ストーリー・プリンセスからだ。でも、はずれて残念でした、という手紙かもしれない。

「おや、うれしくないのかね」配達夫は言った。「次にはお望みのものを持ってくるとしよう、じゃあな」

「じゃあね」子供たちの声は海峡を渡る風にかき消された。二人は背を丸め、水際に続く急な階段を駆け下りた。

「早く早く！」マイケルはボートハウスのドアを閉めながら叫んだ。「なんて書いてあるの？」

ピーターは窓辺に駆け寄り、封を切ると一つ咳払《せき》いをして読み始めた。「親愛なるピーター、お手紙ありがとう。弟さんへのあなたの思いやりに打たれました」ピーターはじっと見上げる弟の熱いまなざしが気になり、声を出して読むのがいやになった。だが、黙読しているうちに目が丸くなった。「当選はあなたに決まりました、おめでとう！」

「やったあ！」マイケルは跳びはねてピーターに抱きついた。ピーターはふらふらしながら、信じられないというように読み返した。「テレビにはいつ出られるの？　明日？」

「ちょっと待って、まだあるよ」残りを目で読みながら、ピーターは嘘をついたことを思い出して、胸がちくりと痛んだ。パパの言っていたとおり、〝死にかけている子〟でないと当選しないんだ。「十一月十日にテレビスタジオで会うんだって。紙が入ってる、これにパパのオーケーのサインがいるんだ」

マイケルがピーターの腕を引っ張った。「家に帰ってパパに教えてあげよう。パパは、ストーリー・プリンセスは子供が嫌いなんだって言ってたけれど、好きだったんだ！」

「うん」ピーターは胸の痛みも忘れて目を輝かせた。

「ちょっと」ドミナイは、レコーディングスタジオの受付ホールを足早に歩いているとき呼び止められた。もう五時半、すでにオラトリオ・ソサエティの集まりに遅れている。

「なんでしょう？」足を止めて声のした方を見ると、すらりと背の高い男が立っていた。年のころは三十五、六歳ぐらいだろうか、きちんとした青い格子縞《じま》のスーツの下から男っぽい匂《にお》いを発散させている。

男は緑色のセータードレスに包まれたドミナイの体を無遠慮に眺め回し、最後に腰のあたりを見つめた。ドミナイは体がかっと熱くなった。何かしら、この妙な感じは。

「ストーリー・プリンセスを探しているんですが、ご存じありませんか？　テレビ局のほうだとばかり思っていたので、すっかり遠回りをしてしまって。でも、彼女のオフィスはこのレコーディングスタジオの中にあるそうですね」

ドミナイは男に吸い寄せられるように立ち尽くした。青いシルクのタイが、陽光を浴びたステンドグラスの藍《あい》色のような強烈な色の瞳によく合っている。豊かな褐色の髪は頭上の明かりに映えて金色に輝いている。

「わたしがそのストーリー・プリンセスですわ」

「まさか」男はぼそりとつぶやいた。だがますます興味を引かれたようすで一歩踏み出した。

「本当です」男がいぶかるのも無理はない。ストーリー・プリンセスはブロンドなのに、今はブルネットだ。それというのも、自分のプライバシーを守るためだった。

男は目の前まで近づいてきて、ドミナイを見据えた。「そういえばそうだ、ストーリー・プリンセスと同じ、見事な緑の瞳をしている」男の静かな声を聞くとドミナイはぞくっとした。「ブルネットのほうがずっとすてきなのに、なぜブロンドのかつらなんかかぶるんです？」

ドミナイは落ち着かなげに舌で唇を湿らせた。

「お忘れかしら？　おとぎばなしの王女は皆、長い金髪なのよ。黒髪をしているのは魔法使いの女だわ」

「黒だろうとブロンドだろうと、息子たちはあなたを本当のプリンセスと信じて疑いませんよ」

「じゃ、知り合いでなくてよかったわ」

「ですが、手紙によれば知り合いになりそうですよ。わたしはドクター・ジャロッド・ウルフ、ピーターとマイケルの父親です」

この人が、あの悲しみに沈んでいる父親？　予想とはまるで違うわ。これほどハンサムで魅力のある人とは思ってもみなかった。

「はじめまして、わたしはドミナイ・ローリングです」ドミナイの差し出すほっそりした、きれいにマニキュアを施した手を、ドクター・ウルフはやさしく握った。柔らかくて力強い、不思議な手だった。

瞬間、ドミナイの体を何かわけのわからないものが走った。そっと手をはずし、彼女はひそかに息をついた。「お子さんたちは知らせを受け取って喜んでいます？」

ドクター・ウルフはすぐには答えず、ドミナイの優美な曲線を描く眉からアーモンド形の緑の目へと視線をすべらせた。ドミナイは昂然《こうぜん》と見返しながら、相手が魅力的な整った顔立ちをしているのに気づいた。やがてドクター・ウルフは視線を、彼女の、今は決然とした笑みを浮かべている大きな赤い唇の上に漂わせた。

「喜ぶなんてものではありません。当日が待ちきれずに今から大騒ぎしていますよ」それから軽くちゃかすようにつけ加えた。「それともわくわくしているのはわたしのほうかな。実はそのことでうかがったんですが、これは冗談じゃないんでしょうね？」

「もちろん本気ですわ、当選したんですもの。ピーターの手紙を見たとたん、これしかないと思いました」

ドクター・ウルフは困ったように首の後ろをこすった。「正直なところ、驚いているんです」

「すてきなお子さんをお持ちだわ。ピーターのマイケルへの献身的な思いやりには、心を洗われる気がします」ドミナイは手紙を思い出して胸がつまった。「できるだけのことをして差し上げたいと思います」

ドクター・ウルフはドミナイの言葉に驚いたようだった。「あなたにお会いできたら、あの子たちは天国に行ってもいいと思っていますよ」

ドミナイはほほ笑んだ。だが、その表情にはかげりがあった。〝天国に行っても〟――そんな言葉を平然と口にできる男性の神経が理解できなかったのだ。でもピーターの手紙から考えると、この人は冷徹な人なのかもしれない。自分で自分を哀れむのも、人に同情されるのもいやなのだろう。「わたしも十日を楽しみにしています。ところで同意書をお持ちになりました？」

ドクター・ウルフはドミナイを見つめながら、胸ポケットから同意書を取り出した。「どうやら本当のようですね」受付のデスクに歩み寄ると、さらさらとサインをしたため、ドミナイに渡しながら念を押した。「二人は番組に出るんですね？」

マイケルのことが心配なのかしら。「ええ。お二人にはちょっとした役を演じてもらいます。もちろん撮る前にリハーサルがありますが。マイケルのことがご心配ですか？」

ドクター・ウルフの目がくもった。「どうでしょう、あの子には初めての経験ですから。番組の途中で気分が悪くなるとやっかいですね」

「そこはビデオですからだいじょうぶですわ、撮り直しがききます」

ドミナイは請け合ったが、ドクター・ウルフは小首をかしげた。「そういえば、あの子は前の晩に調子が悪くなりそうだな。興奮しやすいたちだから」

やはり体の具合が思わしくないのだろう。「心配なさらないで。調子が悪くてスタジオに来られないときは、撮影日を変更しますから」

ドミナイの言葉にドクター・ウルフはびっくりしたようだ。「ご理解がおありですね、驚きました」

ドミナイはかぶりを振った。するとカールしたつややかな黒髪が揺れた。「それほどでもありませんわ。仕事で小児病院をかなり回りましたから、そんなことがよくあるのを知っているんです」

「去年のクリスマスは、ブレマトン記念病院に行かれましたね？」

「ええ。あなたもいらっしゃった？」ドミナイには会った覚えがなかった。

「いいえ、残念ながら。ですが、マイケルが仕事で来られたあなたを見たそうです」

「マイケルは入院していたんですか？」ドミナイは思わず声をあげた。ドクター・ウルフの皮肉な声色にどこか引っかかりを感じながら。

「ええ。虫垂炎かと思ったんですが、なんのことはない、クリスマスのお菓子の食べすぎだったんですよ」

「まあ」ドミナイはくすくす笑った。「あそこにお勤めですの？」

「ええ、小児科医です」

「わたしの父も医者でした。一般開業医でしたけれど、あれも小児患者が多い仕事ですわ」

「ほう、どちらで？」ドクター・ウルフはおもしろそうに首をかしげた。

「タコマで。よく手伝ったものです」

するとドクター・ウルフの目がちらりと輝いた。

「ほう、なるほど。それなら安心してお任せできますね。当日は何時に連れてくればいいですか？」

「十時にお願いします」ドミナイは静かに答えた。

だがドクター・ウルフの、どこか突っかかるような口のきき方に、内心おだやかではなかった。わたしを信用のおけない人間と見ているのか、それともこの人の恨みを買うようなことをしたのか……けれど、以前この男性に会った覚えはない。

「面倒さえ起きなければ、その時間に来ましょう。何もないとは思いますが、起きた場合は電話します」

「そうですね、ではさようなら」

ドミナイが送っていくと、ドクター・ウルフは玄関のガラスドアの前で立ち止まった。「車で送りましょうか？　お手間を取らせたようですから」

「ありがとうございます、でも車がありますから」

「そうですか。じゃ、当日の十時に」ドクター・ウルフは頭に焼きつけるように、もう一度ドミナイの姿を見て、出ていった。

ドミナイは長い間ぼんやりとたたずんでいた。出会った瞬間にひかれることがある――それを人から聞いたときは、そんなばかなと思っていたのに。あの人がわたしを嫌っているのははっきりしている。それでもあの人はわたしを見て心をかき乱されていた、わたしがあの人に心をかき乱されたのと同じように。初めて顔を合わせた人とは思えない。こんなことは初めてだ。いったいどうしたらいいのかしら。

一週間もすればあの人は子供を連れてくる……どうする？　ドミナイは大きく息をついた。いえ、ちょっと心が揺れただけ。ひかれたなんてわたしの勝手な思いこみ、今度会えばわかるでしょう。

しかしドミナイの心は奥深くで揺れ続けた。

2

ドミナイは空を見上げ、雲が高くなっているのを見てほっとした。テレビ局の前には、ウルフ家の子供たちをひと目見ようと、人々が集まっていた。正面ドアの上には二人の名前が書かれた横断幕がかかっている。ドミナイは頭に王冠を載せ、ストーリー・プリンセスの格好をして玉座に座っていた。玄関前に張り出した天蓋《てんがい》の下にしつらえられた玉座からは、金色の絨毯《じゅうたん》がきざはしを流れ落ち、通りまで延びている。

サインを求めて玉座に群がる子供たち、それを抑えようとてんやわんやする警官、ビデオカメラを構えるカメラマン。テレビ局のまわりは騒然とした雰囲気に包まれていた。

ドミナイがサインに応じていると、あたりがざわめいた。顔を上げると、警官が群衆を押し分けて明けた道を黒塗りのベンツが近づいてくる。天文学的な額の医療費にあえいでいる父親がベンツに！　ドミナイの思いこみは見事にくつがえされた。

車が止まりドクター・ウルフのきりっとした顔が現れると、ドミナイははっとした。再会を前にひそかにつのっていた緊張が、一気に表に噴き出した。ドミナイの目はドクター・ウルフに釘《くぎ》づけになり、ブロンドの髪をした子供が二人、車から転げるように飛び出したのに気づかなかった。

「マイク！」ドクター・ウルフがきつくたしなめた。視線を落とすと、マイケルがきざはしをよじ登ろうとしている。ドミナイはさっと立ち上がり、白いチュールのドレスの前を整えて、きざはしをそろそろ下りていった。薄いドレスをまとっただけの肌に晩秋の空気は冷たかった。下りきってあいさつすると、マイケルはドミナイのほっそりした腰にしがみついた。群衆から歓声があがる。

「ストーリー・プリンセス！」かすれた声で言うマイケルを、ドミナイは抱きしめた。

目の隅にドクター・ウルフの姿が映り、ドミナイは体を起こした。ドクター・ウルフにはブルーが似合う――そう思っていたが、この日の、淡い黄褐色のスーツに肉桂《にっけい》色のタイという姿もとても魅力的だった。「おはようございます」

ドミナイが抑えた声であいさつすると、ドクター・ウルフはつぶやいた。

「今朝は確かにストーリー・プリンセスだ」

ドクター・ウルフは青い瞳でドミナイを見つめた。それからクリスタルグラスの王冠を頂く、肩まであるブロンドのかつらを見やり、床まで届く宝石をちりばめたドレス、クリスタルグラスの靴へと、視線をすべらせていった。

ドミナイは体が熱くなるのを感じ、あわててうつむいた。しがみついて見上げるマイケルと目が合うと、ドミナイはにっこりほほ笑んだ。真ん丸に開いた明るい青い瞳が、そばかすの散るいたずらっぽい顔の中であどけなく笑っている。

どこも悪いところはなさそうだ。元気そのものじゃないの。このぶんなら車椅子など特別必要なさそうね。きっと目に見えないところが悪いんだわ。ドミナイは心の中でつぶやいた。

「本当に今日一日、いっしょにいられるの?」マイケルに真剣な表情でたずねられ、ドミナイはあわてて答えた。「お望みならね」

「きれいだな! ストーリー・プリンセスがママだったらいいのに!」

ドミナイは一瞬、頭がくらくらした。でも、ドクター・ウルフは快く思っていないようだ。こんなところで妻のことを思い出したくないのかしら……。

ドミナイは黙ってマイケルの手を強く握り、もう一方の手をピーターに差し出した。兄のブロンドはやや濃いめで、顔も幼児の丸みを失っているが、顔立ちはマイケルとそっくりだ。「ピーターね? 会いたかった。すばらしい手紙だったわ」

「ぼくの手紙を選んでくれてありがとう、ストーリー・プリンセス」ピーターはまじめくさった顔で手を握り、それから恐る恐る目を上げた。黒のズボンに藤紫《ふじ》色のシャツとセーターもお揃《そろ》いなら、目の色も同じ青だ。ピーターは小声でつけ加えた。「テレビで見るよりずっときれい」

「これ、シンデレラの靴?」マイケルがドミナイの足元を指してたずねた。

「いいえ、違うわ」ドミナイは笑いながら目頭が熱くなった。泣いてはだめ! ドミナイは自分に言い聞かせた。泣いたら夢が台なしになる。

「魔法の杖《つえ》はどこ？」マイケルの真剣な口調に、周囲からどっと笑い声が起こった。

「あなたたちにあいさつしやすいように、中に置いてきたのよ」ちらりと見ると、ドクター・ウルフはなぜか目にとまどいの色を浮かべ、じっとこちらを見つめている。「今日はずっといらっしゃいます？」

ドミナイの問いに、ドクター・ウルフは硬い表情で答えた。「いいえ、子供たちにとって特別なひときですから。五時に迎えに来ましょう。何かありましたら、ピーターがシアトルの病院の小児科の直通電話番号を知っていますので。自宅のほうは同意書に書いてありますし」

「ブレマトンのほかでも仕事をお持ちなんですか？」

「ええ、二週間に三日はシアトルにいます」

「行ったり来たりで大変でしょう？」

「フェリーで一時間、息抜きに手ごろな時間です」

ドクター・ウルフはこともなげに言った。

「マイケルのことで、何か気をつけることはありますか？」

ドクター・ウルフはかすかに眉をひそめた。「疲れたり言うことを聞かなかったりしたら、すぐお電話ください」

「ぼく、疲れないよ」マイケルが横合いから口をはさんだ。

見ると、哀願するような目で見上げている。ドミナイは父親に視線を戻し、目で語り合った。「じゃ、うんと楽しんでちょうだいね」ドミナイはできるだけさりげなくマイケルに言った。

「では、わたしはこれで」ドクター・ウルフはかがみこみ、マイケルを抱き寄せた。「いいかい、ストーリー・プリンセスの言うことを聞くんだよ」そして立ち上がるとピーターの肩をぽんとたたいた。

「ピーター、ちゃんとマイケルの面倒を見るんだよ」

「面倒を見てもらわなくてもだいじょうぶ！」マイケルがしゃちこばって言うと、またどっと笑いが起こった。だがドクター・ウルフは笑わない。

やはり気がかりなのだろうか。ドミナイは顔を寄せてささやいた。「心配なさらないで、ドクター・ウルフ。わたしが面倒を見ますから」

すぐには返事がなかった。悪い兆候だ。

「それはいいんですが……それより、帰るまでにはマイケルに、これは作り事だとわからせてやってくださいｌ」ぶっきらぼうに言って、ドクター・ウルフはさっさと歩き出した。

「ぼくたち、今晩テレビに出る？」ドミナイがベンツに乗って走り去るドクター・ウルフを目で追っていると、マイケルが気を引こうとして話しかけた。

「ええ、あなたたちが来たことが、十時のニュースに出るわ」ドミナイは入口の方に向きを変え、ピーターの手を取った。「あのカメラを持っている人のこと、今は忘れましょうね。わたしたちを撮って、あとでビデオにして記念に送りますからね」

「やったあ！」マイケルはぴょんぴょん跳びはねた。

「パパもわかるよね、王女様はほんとにぼくたちのことが好きだって」

ドミナイはほほ笑み、二人の手を引いて歩き出した。「そうね。お友達や親戚《しんせき》の人にも見せてあげられるわ」

するとニ人の子は顔を見合わせてにっこり笑った。

「特にパパにね」

「ぼくたち『ジンジャーブレッドマン』に出るのかな？」スタジオに入ったとたん、マイケルは思い出して言った。

ピーターが首を振って静かにしろと合図する。ドミナイはかがんでマイケルの丸々とした顎に手をかけた。「そのお話も大好きなんだけれど、衣装を着て、誰も知らないお話の役をしたほうがおもしろいんじゃないかしら」

ピーターが首をかしげた。「どうして？」

「古い古いロシアのおとぎばなしなので、ほとんど誰も知らないの。ずっと大事に取っておいたのよ。あなたたちに会ったとたん思ったわ、この人たちならうまくやれるって」

マイケルは、まるで世界でも手に入れたように目を輝かせた。「それ、今やるの？」

ドミナイは二人の肩に手を置いた。「まずスタジオを見て回りましょう。それからお弁当を食べながら『目の見えない王子様』のお話をしてあげるわ。お話が気に入ったら、二人で役を選んで。そうしたらおけいこして、午後から撮影しましょうね」

マイケルがいきなりむしゃぶりついた。「大好き、ストーリー・プリンセス。ずっといっしょにいて」

ドミナイは、かつらも王冠もかなぐり捨ててマイケルを抱き上げたくなった。この子に、この世での日々が数えるほどしか残されていないとは。ドミナイはいつのまにか愛くるしい兄弟のとりこになっていた。「今日一日が、ずっと終わらないと思えばいいのよ」マイケルの頭をなでながら、ふとドミナイはドクター・ウルフの言葉を思い出した。〝これは作り事だとわからせてやってください〟早くも父親との約束を破ってしまった。だがドミナイにできることといえば、夢を与えることだけだ。「撮影がすんだらすてきなところでお食事しましょう。ほかの子供たちもいっしょにね。そしてわたしのお友達がすてきなショーを見せてくれるわ」

ピーターとマイケルが、またうれしそうに顔を見合わせた。本当に仲のいい兄弟だ。ピーターが真実を知っているせいだろう。マイケルは自分の運命を知っているのかしら。父親の心情を思うと、ドミナイはいたたまれない気持になった。

「ストーリー・プリンセス」ピーターがささやく。

ドミナイは身をかがめた。「パパがね、トイレに行っておきなさいって。途中でしたくなるといけないから」

ドミナイは顔をほころばせた。「そうね。廊下をまっすぐ行くと左にあるわ。わたしはここで待っているわね」

マイケルはピーターに手を取られて引きずられるように歩きながら、ドミナイに向かって叫んだ。

「テレビのときみたいに消えちゃわないでよ」

「だいじょうぶ、ここにいますよ」

「あのカメラを持っている人を来させないでよ」

「任せてちょうだい」ドミナイは笑いをこらえながら請け合った。

「ねえ、本当にぼくたち、お話の役ができるの?」マイケルはピーターがせきたてるのもおかまいなしにたずねた。

ドミナイはうなずいた。「やってみたいんでしょう?」

「うん。でもパパがね、よくてコーラスグループにまぜてもらえるくらいだろうなって」マイケルは引きずられながら父親の声色をまねて言った。

「『目の見えない王子様』にコーラスは出ないわ。足を引きずった、目の見えない王子様と、気高い青狐《ぎつね》だけ」

「足を引きずるって?」

「マイク!」今度はピーターが父親の口調をまねた。

「さあ、行こう」

「すぐ戻るからね!」姿は消え、声だけが廊下に響いた。おもしろそうにやりとりを聞いていたスタッフが、ざわざわとスタジオ内に移動を始め、カーター・フィリップスがドミナイのわきに残った。

「ドム、これでもまだコンテストが気に食わないかい?」

「いいえ」ドミナイはかすれた声で答えた。「あの子たちをこんなに好きになるなんて思いもしなかった。本当にかわいい子たちだわ。それにマイケルは……」

「あの子はかわいいから、シアトル中の人間が夢中になるだろう」カーターはにやりとした。「でも元気そうに見えるな」

「ええ、だからかえって心配なの。あの元気がいつまでもつかしら？」

カーターはひげをひねった。「たぶん君といる間はだいじょうぶだろう。車から降りてきたあの子が君に笑いかけたところを、カメラはキャッチしただろうな。クリスマスと誕生日が一度に来たような笑顔だった。忘れられんよ」

〝ストーリー・プリンセスがママだったらいいのに〟その言葉がドミナイの頭の中で響いた。

二人が戻ってくると、ドミナイはスタジオ見学に連れ出した。

昼食後何回かリハーサルをし、無事ビデオ撮りは終わった。子供たちの演技は予想以上のできばえだった。それから彼らはカメラをのぞかせてもらい、調整室を見学し、そうこうしているうちに四時になった。レストランに行く時間だ。

カーターは、シアトル一のタワー、スペース・ニードルの回転レストランに席を予約していた。夕食会には手紙を書いたほかの子供たちも招待され、ピーターとマイケルはドミナイと同じテーブルについた。

食事とマジックショーが終わると、子供たちは待っていたように窓辺に駆け寄り、シアトルの市街を見下ろした。ドミナイはマイケルの元気がまだもっていることに驚きながら、兄弟の間に立ち、その肩に手をかけた。「ピーター、家はどこだかわかる？」

「まだ。でもじきわかるよ」

マイケルがドミナイを見上げた。「ストーリー・

プリンセスのうちはどこ？　近いの？」

「わたしも知りたいな」聞き覚えのある声がした。

子供たちがいっせいに振り向いた。

「パパ！」ピーターとマイケルが歓声をあげて走り寄った。ドクター・ウルフはマイケルを片手で抱き上げ、もう一方の手をピーターの肩に回した。

ドミナイはどきりとした。べつに来て悪いわけではない。マイケルのことが気がかりだろうから。ただ彼がそこにいるというだけで、落ち着かない気分になってしまうのだ。だがピーターとマイケルのけたたましいおしゃべりの相手に忙しくて、ドクター・ウルフがこちらを見る暇もないのでほっとした。

「さてと」ドクター・ウルフがころあいを見計らって口をはさんだ。「ストーリー・プリンセスは気の毒にお疲れのごようすだ。きっともう家に帰りたがっているよ」それから不意に顔を上げた。「家と言えば、今その話をしていらっしゃいましたね？」

ドミナイは咳払《せき》いを一つして窓の外を振り返った。

「あそこ、マーサー・アイランドです」

「マーサー・アイランド？」マイケルが叫んだ。

「うちのそばだね、パパ？　しょっちゅう遊びに来られるよ！」

するとドクター・ウルフの顔がこわばった。「ストーリー・プリンセスは忙しいんだよ、マイク。君たちの言うことをいちいち聞いていたら、レコードを作る暇もなくなる。さあ……」

「でもストーリー・プリンセスは約束してくれたよ、今度シアトルに来たら会いましょうって」ピーターが口をはさんだ。するとドクター・ウルフは不機嫌な顔をした。よけいなことを言ったのだろうか。ドミナイは気になった。いずれにしても、ドクター・ウルフは引きあげたがっているようだ。マイケルの体には刺激が強すぎたかしら……。ドミナイの気持は急にしぼんだ。いい一日だったと思うけれど。

「今その話はやめにしよう」ドクター・ウルフはそっけなく言った。「さあ、ストーリー・プリンセスにお礼を言いなさい」

とたんにマイケルの目から涙があふれ出す。彼は父親の腕を振りほどいて、ドミナイの体にしがみついた。「楽しかったのに、最高だったよ」

「ぼくも」かわいい声を張り上げるピーターの目にも涙が光っていた。

なんとかしなくては。ドミナイはにっこりほほ笑んだ。「まだ終わってはいないわ」

「まだ?」「まだ?」二人は声を揃えて叫び、父親はあっけにとられた。

「あなたたちはコンテストに勝ったのよね?」ドミナイは二人の顔を交互に見た。「だから……賞品があるの。でも、スタジオに置いてきてしまったから、お父様と車で取りに行って。係の人に、車まで持ってくるように言っておくから」

「すごい!」マイケルは手を打って喜んだ。「いっしょに行こう!」

「それは無理よ」

「どうして? そのドレスじゃ、車に入りきらないから?」

ドミナイは声をたてて笑った。「そうなの」

「いろいろお世話になりました。今日のことは、この子たちの一生の思い出になるでしょう」ドクター・ウルフが改まった調子で言った。「さようなら、ストーリー・プリンセス」

ドクター・ウルフに手を取られ、出口に向かって歩きながら子供たちは振り返った。「さようなら。また会おうね」

「忘れないでね、テレビは今夜十時よ」

子供たちはひとしきり騒ぎながらドアの向こうに消えた。ドミナイの心は、子供たちのあとを追った。マイケル、今度会うときも無事かしら? かわいそうなドクター・ウルフ、たった一回会っただけのわたしでさえこんな気持になるんですもの。そしてかわいいピーター……。

ドミナイは通用口からスタジオに入り、服を着替えて家に向かった。本当なら、賞品を車に積みこむのに立ち会っていたはずだった。でもそうしていたらドクター・ウルフは喜ばなかったに違いない。よけいなことをして――きっとそう思うわ。それにしても、なぜあんなにわたしに敵意を持つのかしら。

シャワーを浴び、テレビの前にくつろぐと、ドミナイはニュースを待った。しかしいざ画面に二人の顔が出ると、立ち上がってスイッチを切った。胸がつまって見ていられなかったのだ。ベッドに入り推理小説を手にしたが、一ページ目からいっこうに進まない。楽しみにしていたはずなのに。ドミナイはあきらめてナイトテーブルの明かりを消した。

翌朝目が覚めると、さっそくピーターやマイケルのことが頭によみがえってきた。そしてドクター・ウルフ。なんだろう、会えば必ず起こる胸騒ぎ、そして落ち着かない感じは。あの人に会わなければよかった……。けれど、そう思うそばからすぐにでも会いたくなる。

いけない、家にいると頭から離れない。ドミナイはそそくさと服を着た。カーターが疲れを心配して一日休みをくれたのだが。オフィスではファイルの整理や、次回の話の下調べなどで時間を過ごした。

「ドミナイ、休みの日に悪いんですけれど、ちょっとよろしいかしら？」

「いいわよ、マージ」ドミナイはタイプの手を休めて顔を上げた。まもなく五時だ。「何かしら？」

「ついさっき男の方がいらして、責任者に会いたいと言うんです。カーターは席をはずしているし、その方は会うまでは帰らないと言うし」

「来週、カーターとのアポイントを取ってくれるように言ったの？」

「ええ、もちろん。でもストーリー・プリンセスがいるはずだと言うんです、わたしが口をすべらしたんですけれど。それで、あなたと会うまでは動かないって」

「まあ、やっかいな人」ドミナイはつぶやいた。「いいわ、その方をお通しして。用件は何か、全然言わないの？」

マージはかぶりを振った。「きけなかったんです。すてきな人だけれど、どこか怖いところがあって」

またすてきな人？　ドミナイは少々うんざりした。この子は男なら誰でもすてきに見えてしまうのだ。でも、今度ばかりは何かいやな予感がする。「なぜ仕事が終わるころになると人が来るのかしらね。とにかく、お通しして」

「すみません」マージが去り、すぐに男の足音が聞こえた。原稿から顔を上げると青い目が――怒りに燃える青い目が二つ、目の前にあった。

「ドクター・ウルフ！」ドミナイは立ち上がり、ベージュのセーターの裾《すそ》を引き下げた。「なぜマージに名前を言ってくださらなかったの？」

「言ったら、あなたはここにいましたか？」

「いったいどうなさったの？」

ドクター・ウルフににらみつけられ、ドミナイは落ち着きなく髪に手をやった。

「なぜ来たかおわかりだと思いますが、ミス・ローリング」

いったいなんのことだろうか。ドミナイは茫然《ぼうぜん》として椅子に腰を下ろした。「どうぞ……お座りになって」だがドクター・ウルフは座ろうとしなかった。目の前に仁王立ちになった体は、オーダーメイドの淡いパールグレイのスーツのせいで、いちだんと引きしまって見える。ドミナイは軽く咳払いをした。

「お帰りになったときは、べつに問題はなかったと思いますけれど」

「コンテストに当選してから何もかも問題だらけだ！」ドクター・ウルフの視線はいっそう鋭くなった。「今朝、病院の同僚に同情されましたよ」

「わかりますわ。ここのスタッフもあなたに同情しています」ドミナイは気を落ち着かせようと背すじを伸ばしたが、声が震えていた。

「ほう、それはおもしろい」どうやらドミナイの言葉は、火に油を注ぐようなものだったらしい。「わたしは悲しんでも苦しんでもいない。ドクター・ギトゥンズもわたしも話がかみ合わなくて困りましたよ、あなたのおかげでね、ミス・ローリング」

さすがにドミナイも、わけがわからないながら、かっとなった。「お子さんたちをちょっと喜ばせてあげたのがいけないなら、あなたのほうこそおかしいわ、ドクター・ウルフ」

「息子たちはあなたの思うつぼにはまったんだ。手紙ならいくらでも来ただろうに、なぜよりによってうちの子たちを宣伝の道具に利用することにしたんです？」

「利用する？」ドミナイはあっけにとられた。

「ほかにどう言えばいいんです？　いいかげん芝居がかったまねはやめてほしいですね、わたしには通用しない」

ドミナイの頭を、ピーターの手紙の〝B級女優〟という言葉がよぎった。「どういうことです？」

「あなたは自分を売りこむためならなんでもしかねない人だ、ということですよ。もっと言いましょうか？」そう言ってドクター・ウルフは侮蔑《ぶべつ》的なまなざしを投げた。

ドミナイはあわてて身を守るように胸の前で腕を組んだ。「ドクター・ウルフ、つらい境遇にあれば人はどうなるか、それぐらいは知っているつもりです。でもそれを子供にも味わわせるのは間違いですわ。あなたの気持はもうピーターにも伝染していますよ。お母さんを亡くしただけでも大変なのに……」

「母親のことは関係ない！」ドクター・ウルフは襟にかかる髪をいらだたしげに払った。「今はあなたのことが問題だ。世間の脚光を浴びるためなら、金のためなら、あなたも会社も平気で嘘《うそ》をつくということがね。何も知らない子供を手玉に取って」

「嘘ですって？　どんな嘘をわたしたちが！」

ドミナイが声を荒らげると、ドクター・ウルフはデスクに手をつき、ぐいと顔を近づけた。

「それまでだ。何も知らないとは言わせない。マイケルについて撤回声明を出しなさい。そうしたら悪い夢を見たと思って、なかったことにしよう」

ドクター・ウルフの声にどこか悲しみの響きがあるのを感じ取って、ドミナイの怒りはなえた。「すみませんが、何をおっしゃっているのかわからないんです」

「わたしの〝死にかけている〟子のことですよ、ミス・ローリング」

ドミナイの目がうるんだ。「本当にあんなにいい子が……あの子がよくなるんだったらなんでもするわ、どんなことでも」

すると驚いたことに、ドクター・ウルフはげらげら笑い出した。「たいしたものだ、自分ででっち上げたことにそこまでのめりこめるとは。信じられない。これだけは局長にお願いしたいね、破廉恥な行為をしたと認めること、しかるべき処置をとること。それができないなら、法廷に出ることを覚悟してもらいたい。それからあなたについても好ましくない評判を流す。そうなったらあなたの美しさも役に立たないだろう」そう言うと、ドクター・ウルフはコートをつかんでくるりと向きを変えた。

ドミナイは思わず叫んだ。「ドクター・ウルフ！」

振り返った顔は傲慢《ごうまん》そのものだった。「どこかおかしいわ。わたしたちが何をしたと言うの？　法廷に何を持ちこもうと言うの？」

「どこまでもばかにする気だな」ドクター・ウルフはぐいと近寄り、コートのポケットから折りたたんだ新聞を取り出した。「新聞は読むんでしょうね？」

「もちろん」ドミナイは静かに答えた。

「それならこの記事を読んでごらんなさい」

差し出されたのはシアトルの主要日刊紙だった。一面の上半分をピーターとマイケルの写真が占め、こう説明されている。〝ストーリー・プリンセス、死を前にした子供の願いを聞き届ける……〟

死を前にした――きっとこの言葉がこの人にはつらかったのだ。ドミナイは顔を上げてドクター・ウルフを見た。八つ当たりしたくなる気持もわかる。

ドミナイはまた新聞記事に目を落とした。〝奇跡はまだ存在する、悲運の家族に〟彼女ははっと息をのんだ。〝ストーリー・プリンセスと写真に収まっているのは、著名な小児科医、ドクター・ジャロッド・ウルフと、かつてＫＬＰＣのリポーター、パーソナリティを務めた故アマンダ・カールスンの子息、ピーターとマイケル。第一の悲劇はピュージェット湾で起きた。取材中アマンダ・カールスンの乗りこんだヘリコプターが海に墜落した事件は、当地の人々には、まだ記憶に新しいだろう。第二の悲劇はマイケルを見舞った。だが敬愛するストーリー・プリンセスの魔力のおかげで奇跡が起きるかもしれない。当選おめでとう、マイケル、ピーター。君たちの姿はもうすぐテレビで見られる〟

新聞を持つ手がゆっくり下がった。アマンダ・カールスンが奥さんだったの？　ドミナイは、背の高いブロンドのスポーツウーマンタイプの女性の姿を覚えていた。といってもテレビで見ただけだが。ドクター・ウルフが彼女を愛していたと思うと、なぜかドミナイは胸が苦しくなった。とにかく……いまだに奥さんが忘れられず、そのつらい思い出をほじくり返されて怒っているということかしら。

「ひどいわ、ただでさえマイケルの病気で苦労なさっているのに、昔のことまでほじくり返すなんて」

とたんにドクター・ウルフはかみつきそうな顔をした。「どんな病気を捏造《ねつぞう》したんだ、君たちは?」

「捏造ですって?」ドミナイはあっけにとられた。

「どういうこと?」

「やめてくれ、ミス・ローリング。息子は死にかけてなんかいない、わかっているくせに。順調にいけばぼくのお棺に土をかけてくれるだろうさ。それが君たちのおかげで、死なされるはめになった。マイケルの顔が新聞の一面を飾り、わたしたち家族は世間の好奇の目にさらされるはめになったのさ。君のキャンペーンのいけにえになったんだ。この報いはきっとある!」

3

「本当?」ドミナイは目を輝かせて立ち上がった。「マイケルは病気じゃないの? 死なないのね?」

ドクター・ウルフの顔は彫像のように無表情になった。「アカデミー賞ものの演技だな」

「ドクター・ウルフ、あなたはわかっていないわ」ドミナイは声をはずませた。「マイケルがじき天国に行くと言ったのはピーターなのよ」

ドクター・ウルフの顔が怒りでどす黒くなった。「このうえ嘘《うそ》の責任を息子になすりつける気か? ばかなことを言うんじゃない、あなたの会社がファン心理を利用してこの茶番をでっち上げたんだ。真実を公表する気がないなら、こちらで公表する。ボスにそう言うんだね」

「待って！」ドクター・ウルフの立ち去りそうな気配を察し、ドミナイは急いでデスクを回った。「とにかくピーターの手紙を読んでください」

この怒りようでは耳を貸さないかもしれない。ドミナイはドアの前に立ちふさがりながらひそかにおびえた。だが気迫に押されたのか、ドクター・ウルフはその場にじっとしていた。顔面は蒼白《そうはく》だ。

「見せてもらおう」

ドクター・ウルフが低い声で言うと、ドミナイはほっとしてドアを離れた。ファイルキャビネットの引き出しからホルダーを取り出し、封筒といっしょに手紙をはずすと、黙ってドクター・ウルフに差し出す。

ピーターが嘘をついた――そんなことは信じたくない。でも手紙に目を通すドクター・ウルフの顔がいっそう青ざめるのを見ると、やはりそうとしか考えられない。

「なんてことだ……」ドクター・ウルフは頭を振った。

ドミナイは深いため息をついた。「カーターに言って、新聞とテレビに撤回声明を出させましょう」

ドクター・ウルフはぼんやりうなずいた。「こんなことをしたのにはそれなりの理由があるはずです。でも手紙を見たことはピーターにおっしゃらないで」

ドミナイがやさしく言うと、ドクター・ウルフの口元に深いしわが刻まれた。

「あなたをひどい目にあわせたんだ、黙っていられるかな……。こうなる前に気づくべきだった」ドクター・ウルフはまた手紙に目を落とした。「あなたがかつらをかぶったところは、アマンダにそっくりなんだ。肩まであるブロンドの髪、品のある話し方……」ドクター・ウルフはつぶやいた。「ピーターがこんなことをした原因はそれだ。わたしが母親のことを言わせないようにしていたのが悪かったんだ」

ドミナイはとっさにどう言ったらよいかわからなかった。「マイケルはお母さんを覚えているんですか?」

「いや」ドクター・ウルフはぶっきらぼうに言った。「母親が亡くなったとき、あの子はまだ四カ月だった」

なるほど、産んですぐ職場に戻ったわけね。ドミナイは心の中でつぶやいた。わたしだったらそんなことはしない、わたしだったらずっと子供たちと家にいる……。ドミナイは無意識にアマンダに敵愾《てきがい》心を燃やしていた。「ごめんなさい、よけいなことをきいて」

「いや。人生とはそんなものだよ」うつろな声だった。そしてそのわびしげなまなざしがすべてを物語っていた。アマンダ・カールスンの子供たちは彼女からスカンジナビアの血を受け継いでいた。ドミナイは、魅力あふれる夫と結婚し、かわいい二人の息子をもうけたこの女性に、奇妙なねたましさを覚えた。アマンダが亡くなったとき、ジャロッド・ウルフの心の中で何かが死んだのだ。彼はそれ以来、心を閉ざしてしまったのだろう、ピーターの悲しみにも気づくことなく。そんなに愛されるというのはどんな感じかしら……。ふとドミナイは両親のことを思い出した。母を深く愛していた父も、母の死後ついに立ち直ることはなかった……。

「コーヒーでもいかが?」ドミナイは気を取り直してたずねた。だがドクター・ウルフは聞こえなかったのか、そそくさとコートをはおり、なんとも言えない表情で手紙を差し出した。

「安心してください、手紙は見なかったことにしておきますから。とにかく、ピーターから真相を聞き出します」

ドミナイは心もとなさそうに喉をなでた。「今さら聞き出してなんになるかしら?」

「父親としてどこがまずかったか、きちんとしておかなければね」

「ご自分に厳しすぎるんじゃない? ピーターにしてもそれなりの理由があってついた嘘で、子供にはよくあることだわ。親に注目してもらいたいのよ。だからコンテストに応募したんだわ、当選すればあなたに喜んでもらえるから。そうじゃないかしら? あの子はあなたが大好きだから、あなたの言うことならなんでも信じるのよ」

ドクター・ウルフはまばたきをした。「ありがとう、おっしゃることはよくわかる。でも、だからといってピーターがわたしの言うことをうのみにしたり、嘘をついてもいいということにはならない。みんなに迷惑をかけた、どうしてそうなったか、あの子は知らなければ。わたしも、おかげであなたにひどいことを言ってしまった。あなたは出ていけとでもなんとでも言えたのに」

「ええ、言いたかったわ」ドミナイは冗談めかして言ったが、ドクター・ウルフはさっさとドアに向かった。

「だがそうしなかった。それであなたという人が少しはわかったような気がします。おやすみ、ミス・ローリング」ドクター・ウルフは軽く会釈して出ていった。

ドミナイはまた、虚脱感にとらわれた。足音だけが、人けのない墓場のような建物にこだましている。

ドミナイはぐったり戸口に寄りかかった。とりあえずマイケルがなんともなくてよかった。それにしても、とんでもないことになってしまったものだ。

ああは言ったものの、もちろん嘘をついた本当の理由はドミナイにはわからなかった。ただただ当選したいために嘘をついたとも思えない。ピーターは父親ときちんと話ができるだろうか。そのあとが心配だ。だがドクター・ウルフの胸の内を思うと、ドミナイは気の毒になった。まさかかわいい我が子に嘘をつかれるとは、思ってもいなかったに違いない。それも大きな波紋を引き起こす嘘を。むろんドミナイも夢にも思っていなかった。

けれど、これでドクター・ウルフと会うこともあるまいと思うと、妙に寂しくなる。ドミナイはうつむきかげんにコートに袖《そで》を通し、ハンドバッグを取り上げた。頭に浮かぶのはドクター・ウルフの顔だった。

なぜ？　あれほど腹立たしい思いをさせられたのに、恋しいなんて……こんなことは初めてだ。あの人に会ってから人生が変わってしまったような気がする。ああ、アパートメントに帰っても誰もいない。

ドミナイは、カメラマンのデートの誘いを断ったのを後悔し始めていた。そうだ、タコマに行こう。そこで昔なじみと過ごせばすっきりするかもしれない。

タコマでの週末の三日間はいい清涼剤になった。朝から晩まで友人と楽しく過ごしたおかげで、ウルフ一家のことを少しは突き放して見られるようになった。要するにマイケルがこの先普通の人生を過ごせるということが重要なのであって、そのほかはどうでもいいことなのだ。

しかし月曜日、レコーディングスタジオでマージの取り乱した顔を見たとたん、ドミナイの冷静な気持はもろくも崩れた。その日は朝から凍るように冷たい雨が降っていた。滴を払いながら入っていくと、マージがさっと立ち上がって近づいてきた。

「またドクター・ウルフがいらしてるの。あなたのオフィスにいるわ」

マージがささやくと、ドミナイの心臓は飛び上がった。

「怒っているみたい？」

「ええ。週末の間、毎日あなたに電話していたみたい。今朝わたしが来たら、ドアの外に立っていたわ。何があったの？」

いったいなんの用だろう。ドミナイはベルトをはずし、コートを脱いだ。下には珍しくフォーマルな濃い紫色のスエードのスーツを着ている。

「ちょっと面倒なことなの。あとで話すわ」

「何かあったら呼んでください」

「ありがとう、マージ」ドミナイはうわの空で返事をし、ほかのスタッフにあいさつするのも忘れて、はやる気持を抑えながら足早にオフィスに向かった。

「やっとつかまえた」ドアを開けるなりドクター・ウルフの低い声がした。

彼は壁に体を向けたまま、首をひねってこちらを見ていた。壁には、びっしり書きこみのあるドミナイの予定表がかかっている。黄褐色のオーバーコートがすらりとした彼の体によく合っていた。よかった、ちゃんとした服を着てきて。ドミナイはドクター・ウルフの視線に気づいてほっとした。

「やっと？　それ、どういうことかしら？」ドミナイはドクター・ウルフの鋭いまなざしから目をそらしてデスクを回り、腰を下ろした。

ドクター・ウルフは相変わらず座ろうとしない。

「ずっとマーサー・アイランドのほうに電話していたからさ」

ドミナイは軽く眉を上げた。「タコマにいたの。番号はどうしてわかったの？」

「情報源があるのさ」ドクター・ウルフは片手をコートのポケットに突っこんだ。「気を悪くしたかい？」

「べつに」ドミナイはぶすっとして言った。「ちょっと驚いただけ、電話帳に載せていないから」

「わかるよ、ぼくもそうしたいと思うことがある。でもそうしたら商売が上がったりだからね」

ドクター・ウルフは口をゆがめたが、ドミナイはくすくす笑った。

「父もよくそう言っていたわ。電話は二分間と決められていたの、患者さんからかかってくるといけないから」

ドクター・ウルフが初めて相好を崩した。「子供たちがやっかいな年ごろになったら、その手を使おうかな。そう言えば……」ドクター・ウルフは珍しくためらうように髪をかき上げた。「……謝りに来たんだ、きちんとね。事情も知らずにどなりこんだりしてすまなかった。してはいけないことだった」

「してはいけないこと……」ドミナイはうつむいた。「わたしもきっと同じことをしていたと思うわ。あなたは、マスコミに流れるまで、あれが嘘だったと知らなかったんですものね。悪いのはこちらだわ」

「そう簡単に許してもらっても困るな」そう言ってからドクター・ウルフは眉をひそめた。「それにしても、あのとき君はなぜ我慢できたのかな」

「さあ、どうしてかしら」

ドミナイがいたずらっぽく笑うと、ドクター・ウルフはかすかにほほ笑んだ。「そう言ってもらうと少しは気が楽になる」だが、すぐまじめな顔に戻った。「ほかにも病気の子供の手紙はいくらでもあったはずだ。なのにピーターの手紙を選んだのは、アマンダのことが頭にあったからなのか？」

唐突な質問だが、何か裏のある言い方には思えない。

「いいえ。どうして彼女と関係があると思うの？」

「たいした役者だ」ドクター・ウルフは胸の前で腕を組み、ドミナイをじろりと見た。「それとも本当に知らなかったか」

ドミナイのなごみかけていた気持がすっとしぼん

だ。ドクター・ウルフの言葉には、また例の敵意のようなものがある。

「死の床にあるマイケル、その母親はテレビのパーソナリティで取材中に事故死――これならマスコミ受けもいい、と君たちは読んだ。ぼくはそう見たけれどな。まあ最初からそのつもりではなかったにしても、ストーリー・プリンセスの名はみんなの心に刻みつけられたわけだ」

ドミナイは困ったような顔をして額に手をやった。

「奥さんのことは本当に知らなかったわ。もしわかっていたら、ほかの手紙を選んでいたでしょうね。奥さんがKLPCで働いていたならなおさらだわ。だいたい、彼女が旧姓のカールスンで仕事をしていたなんて知らなかったもの」

ドクター・ウルフは長い間かかってやっと口を開いた。「信じよう」

ドミナイはほっと息をついた。こんなに突っかかるのも、この事件で妻の死を思い出させられたからだろう。「ピーターとはお話しになったの？」

ドクター・ウルフはうなずいて、椅子に腰を下ろし、脚を組んだ。「手紙に何を書いたか教えなさいと言ったんだ。何もかも白状したよ、涙ながらにね」

ドミナイは身を乗り出した。「じゃ、後悔しているのね？」

「よくわかるな、あの子の気持が」ドクター・ウルフは感心したように言った。

「いい子だわ。それで、なぜあんなことをしたのか話してくれた？」

ドクター・ウルフはじっとドミナイを見つめた。

「ああ。マイケルが君に夢中だったから、ピーターはなんとか当選させてあげようと思ったんだね。それで、ぼくの言ったことを真に受けたんだ」

「あなたの言ったこと？」

ドクター・ウルフは眉をひそめ、親指で下唇をなぞった。「応募してもむだだ、当選するのは死にかけている子ぐらいなものだから、と言ったんだ」

ドミナイは唖然《あぜん》とした。「まさか、本当にそう思っていたんじゃないでしょうね？」

「そのとおりになったじゃないか」

ドクター・ウルフはふっとおだやかな微笑を浮かべた。心に染みるような微笑だ。ドミナイはあわてて顔をそむけた。

「それもポイントになったのは確かよ。でも同じような境遇の子からの手紙はたくさんあったわ」

ドクター・ウルフは椅子に頭をもたせかけ、肘かけに腕を置いた。「じらさないでほしいな。じゃ、どこが違ったんだ？」

ドミナイはジャケットの袖からちりを払うふりをした。「いずれきかれると思っていたわ」

ドクター・ウルフが低く笑い、「もういい、早く教えてくれないと死にそうだ」と言うと、ドミナイはじらすような笑みを浮かべた。

「わたしがB級女優で、ただみんなの注意を引きたいだけだっていう言葉にまんまと乗せられたの」言いながら、ドミナイは自分の言葉に吹き出した。

だがドクター・ウルフはまじめな顔つきになった。

「すまない、まったく恩知らずと言われてもしかたない。実際、子供たちがあれほど楽しい思いをした日はなかった。どうかな、おわびの意味もこめて、お礼をしたいんだが。水曜日の晩は空いていない？《フィガロの結婚》のチケットがあるんだ」

まさか！　ドミナイはうれしくて思わず立ち上がった。ドクター・ウルフにもう一度わたしと顔を合わせる気があろうとは、夢にも思っていなかった。

「ええ、喜んで」

「よし。住所を教えてくれたら七時に迎えに行く」

「オペラハウスで落ち合うのはどうかしら。今週は毎晩レコーディングがあるから、ここから直接行くわ」

一瞬ドクター・ウルフはいらだったように見えた。

「じゃチケット売り場の前で会おう」

「わたしは黒と白のプリントドレスを着ていくわ」

「だいじょうぶ。君は何を着ていても目立つから、すぐ見つけるよ」ドクター・ウルフはじっとドミナイを見つめながら立ち上がった。

デスクに戻っても、ドミナイは仕事が手につかなかった。誘ってくれたのは償いのため。それ以上を期待するのはばかげている。でも確かに魅力のある人だ。とにかく、もうコンテストの件で非難されることはないのだから、水曜日の晩は気持よく会える。それにしても、もし違う場所で出会っていたら……。

ドミナイはドクター・ウルフのもの憂げな微笑をぼんやり思い浮かべた。もう一度あの微笑を見たい、笑わせてみたい。

「どこにしよう？」オペラがはねたあと、ドクター・ウルフは車を道に乗り入れながらたずねた。

「どんな気まぐれにも応じよう、シアトル一の名士をエスコートしているんだからね。最近、君たちの間で人気のある店は？」

アマンダのことを思い出しているのだ。ドミナイは少し気持が沈んだ。きっと仲間のたまり場になっていた店があるのだろう。

「ほかの人は知らないけれど、あなたなら気に入りそうなところがあるわ。小さなビストロだけど、ピーターの話だとあなたは豪華なデザートがお好きなんでしょう？　ジョルジオの奥さんの作るチーズケーキは大評判、それにグラーシュがまた絶品なの」

「黒い大きな口ひげを生やしたジプシーの店じゃないか、バイオリンを弾いたり子供の耳からコインを出して見せたりする？」

「ええ、ご存じなのね。上手に頼めばヴィヴァルディのコンチェルトを弾いてくれるわ。お子さんたちに、今度連れていくと約束したの」

「知っている、あの子たちはその話ばかりしているよ」

ドクター・ウルフの声がこわばったような気がして、ドミナイはあわてて話を元に戻した。

「あそこはいいわ、ひと晩中音楽が楽しめるの。何年か前に奥さんのアンナと亡命してきたんだけれど、それまでジョルジオはブダペスト室内楽団のコンサートマスターだったのよ」

「じゃ、そこにしよう」ドクター・ウルフはおだやかな声に戻っていた。あれは聞き違いだったのかしら。ドミナイはほっとしてレストランまでの道を教えた。

車のドアを開けると、車内に刺すような寒気が流れこんだ。しかし並んで通りを横切りながら、白いカシミヤのコート越しにドクター・ウルフと体が触れ合うと、春のようなけだるいぬくもりが伝わってきた。

「デルモーニカ!」ビストロに入るや、ジョルジオが目ざとく見つけて叫んだ。それはこの店だけで通じるドミナイの愛称だった。派手なキスのあいさつ、そしてドクター・ウルフの紹介がすむと、ジョルジオは二人を隅のテーブルに案内した。「では」ジョルジオはキャンドルに火をともして、きらきら輝く目でドクター・ウルフを見た。「あなたがあの小さな名優たちのお父様なんですね? 下のお子さんはお気の毒です」

ドミナイはドクター・ウルフの視線を感じてジョルジオを見上げた。「あれは間違いだったの、でもいい間違いよ。マイケルは病気じゃなかったの」

ジョルジオは大きな目をぱちぱちさせた。「それはすばらしい。ドクター・ウルフ、お祝いに演奏させていただきましょう、なんなりとお申しつけください！」

ドクター・ウルフはドミナイをじっと見つめた。柔らかな明かりが彼の端整な顔を浮き彫りにし、きりっとした顎に刻まれたかすかなすじに陰を作っている。そして揺れる炎を映し出す青い瞳。視線がドミナイの顔をゆっくりとなぞると、彼女の肌は火に近づきすぎたときのように熱くなった。

「じゃ、大好きなボロディンにしてもらおうかな」

ジョルジオは満足げにうなずいた。「音楽通でいらっしゃる。いい曲があります。まず注文をお聞きして、あとで演奏に参りましょう。コンラッド！」

ジョルジオは指を鳴らしてウエイターを呼んだ。

「こちらに特上のハウスワインをお持ちして！」

黒髪の青年がワインをついで去った。いいのかしら、この人といるだけでこんなに浮き浮きしてしまって。ドミナイは夢心地でグラスに口をつけた。

ドクター・ウルフは濡《ぬ》れた赤い唇を見つめた。

「子供たちの話によると、君はときどき人前で歌うそうだね。今夜ジョルジオの伴奏で歌ってもらえないかな？」

「あの子たちはなんでも知っているのね」ドミナイはいたずらっぽくほほ笑んだ。「でもボロディンのあとで《親指トム》や《リトル・ミス・ヘニーペニー》を聞く気にはならないでしょう？」

ドクター・ウルフはにやりとした。「《アイーダ》のアリアでもと思ったんだけれどね。幕間《まくあい》に会った君の友達の話だと、さっきのオペラの主役ぐらいはできるそうじゃないか」

ドミナイはこっくりうなずいた。「オペラの修行はしたことがあるわ。でもそれは、わたしの夢というより父の夢だったの。今は父や母の思い出に歌うことがあるくらいよ」

「〝天は二物を与えず〟と言われるように、オペラ歌手で美人というのはなかなかいない。だが君だったら世界をひれ伏させることもできたのに——ワシントン州だけでなく」

ドミナイはグラスの脚を握りしめた。「人前に出て有名になることなんて、どうでもいいの。それに美しいといっても相対的なものだし、歌はやはり声だわ」

ドクター・ウルフの瞳を不思議な表情がよぎった。

「そうかな」ウエイターが注文を取りに来て、いっとき話は中断した。「君が生活費を稼いでいるテレビショーは、ずいぶん人前に出る仕事だろう？」

ドミナイはため息をついた。「最初からストーリー・プリンセスだったわけじゃないわ。初めは子供向けのレコードに歌やお話を吹きこんでいたの」

「知っている。テープなら全部うちにあるよ。マイケルが聴くのはもっぱら『ジンジャーブレッドマン』だけれどね」

「じゃマイケルとわたしは趣味が同じだわ、わたしも小さいころ大好きだったの」ドミナイは懐かしそうにほほ笑んだ。

「それで、そのあとテレビに出ることになったわけだ」

「いやいやね。だから条件を出したの、街を歩いていてあの人だとわからないようなキャラクターならいいって」

「でも声を聞けば君とわかるさ。美しい声だ」ドクター・ウルフはじっと見つめた。「いつか君の歌を聞かせてほしい」

ということは、また会えるのね！　ドミナイの心臓は飛び上がった。「ありがとう、いつかね」

料理が来て話はそれきりになった。やがてジョルジオがバイオリンを持って現れ、華麗な身ぶりで甘くせつない調べを奏で始めた。

音楽とワイン、そしてすてきな男性を前に、ドミナイは幸せに酔いしれた。やがてジョルジオは弾き終え、隣のテーブルに移った。「《フィガロの結婚》にしたのはなぜ？　わたしのため？　それともあなた自身のため？」ドミナイは余韻にひたりながらたずねた。

「両方だよ。子供抜きでくつろげることはめったにないからね、久しぶりに楽しい晩というわけだ」

「医者は忙しいお仕事ですものね」

「君の職業と変わらないよ」

わたしの仕事が忙しい？　勝手な思いこみだわ。ドミナイはむっとしたが、黙って話題を変えた。

「あなたはセーリングがお好きなんですって？」

「それも子供たちから？　まったく、ぼくらの間に秘密はないのかな？」

「一つや二つはあるでしょう」

ドクター・ウルフの笑顔を見て、ドミナイはまた楽しい気分になった。だがドクター・ウルフはナプキンで口をぬぐい、まじめな顔に戻った。

「それで、子供からいろいろ聞いて、ぼくのことをどういう人間だと思った？」

「子供と仕事に尽くしている人。どちらも手を抜かないというのは大変だと思うわ」

「アマンダと結婚した当時は、こんなふうになるとは思ってもみなかった」

「でしょうね」またあのわびしげな目をするのではないかしら。ドミナイは思わず目を伏せた。

「行こうか」ドクター・ウルフはナプキンを置いて立ち上がった。やはりアマンダの話はつらいのだろうか。彼はドミナイの後ろに回って椅子を引いた。

ジョルジオとあいさつを交わして外に出ると、ドクター・ウルフは車の前で立ち止まった。

「駐車場まで乗せていって、あとは後ろについて家まで送ろう」

「いいえ、いいわ。反対方向ですもの」

「誘ったのはぼくだ。君を家まで送る義務がある」

有無を言わせない調子だった。

マーサー・アイランドに通じる橋を渡るころ雨粒が落ち始め、やがてどしゃ降りになった。アパートメントに着きシートベルトをはずしていると、ドクター・ウルフが助手席側のドアをノックした。急いでロックをはずすとドクター・ウルフは助手席にすべりこみ、ドミナイのシートの背に腕を伸ばした。腕がかすかにコートの襟に触れている。ドミナイは体を硬くした。

「別れる前にひと言お礼を言いたくてね。ありがとう、謝るチャンスをくれて。今夜は楽しかった。君にはいろいろな才能があるな」

またただわ。この人のお世辞の裏には必ず何か皮肉がある。「予想がはずれた？」

「そんなつもりで言ったんじゃない。君はぼくの想像以上の人だった、と言いたかったんだ。子供たちがひと目で君に夢中になったわけが、わかるような気がする」

率直に言ったほうがいい、とドミナイは思った。

「でもあなたは、これ以上あの子たちに近づいてほしくないようね。だとしたらあの子たちとの約束は果たせそうにないわ。また嘘や誤解を持ちこみたくないもの」

「そうだ」ドクター・ウルフは手を伸ばし、ドミナイのうなじの巻き毛に触れた。「だが君に会ってはいけないと言ったら、あの子たちはぼくを一生許さないだろうな」

何を言いたいのかしら。ドミナイはけげんそうな顔で見上げた。

「あの子たちをあれほど夢中にさせるなんて魔法としか思えない。母親が亡くなって以来、ぼくですらできなかった。君から手紙が届いたときの、あの子たちの目の輝き……」ドミナイの髪の中でドクター・ウルフは手を止めた。

ー・ウルフの手がぴくりと動いた。「君が憎らしかった」

ドミナイははっとした。「今も？」

「たぶんね」ドクター・ウルフはかすれた声で答え、手をドミナイの髪からシートの背に戻した。「ピーターは君に会って謝りたいそうだ。もちろんマイケルも会いたがっている。というより、君とずっといっしょに暮らしたがっている」

そういうことだったの。ドミナイはドクター・ウルフの傷つきやすい部分に触れたような気がした。知らないのかしら、あの子たちがどれほど父親を愛しているか。

ドミナイはふと慰めてあげたくなった。「それもマイケルの想像の世界にいる間だけのこと、一年もすればわたしはそこから追い出されるわ」

ドクター・ウルフはじっとドミナイを見つめた。「わかっている。でもとにかく、二人は君と会うつもりでいろいろ計画を立てているんだ。今度の日曜日、シアトルに連れていって君と会わせると約束したものだから。もちろん君に暇があればの話だけれど。まず君といっしょに水族館に行く――これはピーターのアイデアだ――それからウォーターフロントのレストランで夕食をとる。マイケルによると、君のいちばんの好物はキングサーモンらしいね」

「ええ」ドミナイはそのときのやりとりを思い出してほほ笑んだ。あの子たちがいなければこの誘いもなかったのだ。だがドミナイの顔から笑みが消えた。「わたしも会いたいわ。でもその日から三週間ほど留守にするの。戻ってきてからではどうかしら？」

いきなりドクター・ウルフがシートの背から手を引いた。車を降りるかと思ったが、そうではなかった。「君ならわかるだろうが、あの年ごろの子の三週間はぼくらの十年だ。よかったら、今、日を決めたいんだが。そうすればあの子たちも納得するんじやないかな」

「でも残念だけれど……」

「わかっている」ドクター・ウルフはさえぎった。「会えないかもしれないとは言ってある。子供には有名人の忙しさがわからないんだ」

「いいえ、そうじゃないの」ドミナイは内心のいらだちを隠して言った。「ピュージェット湾沿岸のデパートを十二箇所も回ることになっているの、顔見せやらサイン会やらで。会社の冬のプロモーションの一環だから降りるわけにはいかないし、どこも盛況なら予定より延びるかもしれないわ。でもシアトルに戻ったらすぐ電話します。本当よ」

ドクター・ウルフはしばらく見つめていたが、やがて車を降り、黙ってドミナイの側のドアを開けた。

「ありがとう、今夜は楽しかったわ」ドミナイは建物の入口で振り返った。「ご心配なく、わたしはあの子たちと会うのを楽しみにしているから。予定がわかったらすぐ電話するわ」

「おやすみ」ドクター・ウルフはほほ笑んだが、目は笑っていなかった。ドミナイが約束を守るとは思っていないのだ。「ツアーの成功を祈るよ」

ドミナイはアパートメントに入り、閉じたドアに寄りかかって、しばらくぼんやりしていた。

彼は子供たちをわたしに会わせる手はずを整えながら、一方でわたしを憎んでいる。わたしに不信感を持っている。わからない人だ。わたしだって……そんな人の唇を、手を、なぜあれほど待ちこがれたのかしら。

4

眠れない一夜が明けると、ドミナイはテレビ局に向かった。これからツアーに備えて八本撮りだめしなくてはならない。番組はいつも二カ月前に録画しているが、念のために、ということだ。忙しくなるのはわかっていたが、まずマイケルとピーターに電話することしかドミナイの頭にはなかった。電話して、必ず会うと約束しなければならない。

だが子供たちは学校に行ったあとだった。ドクター・ウルフもいない。しかたなくドミナイはミセス・モーンに伝言を託した。

「ええ、ええ、お伝えしますとも。あの子たちは喜びますわ」ミセス・モーンは愛想よく約束してくれ、ドミナイは受話器を置いた。彼女はがっかりしていた。子供に――せめてドクター・ウルフに直接伝えたかった。それでも少しは肩の荷が降りた気分だ。

これで子供たちは、わたしが本気だということをわかってくれるに違いない。ドクター・ウルフだって、わざわざ電話をかけてきたとわかれば、少しは考えを変えるかもしれない。それにしてもなぜあの人はわたしにわだかまりを持っているのだろう。有名人嫌いなのか、それともわたし自身が嫌いなのか。

お話は新しいシリーズに入り、録画撮りはツアー前日まで毎晩続いた。ドミナイにとっては気がまぎれるので好都合だった。それでも電話のベルが鳴るたびに、もしやドクター・ウルフではと聞き耳を立て、そんな自分を叱《しか》った。

一週間が終わるころには疲れきっていた。金曜日の夜、メイクアップをすませると、ドミナイは最初の衣装に袖《そで》を通した。出はストーリー・プリンセスの衣装、次はおとぎばなしの衣装と、目まぐるしく着替えなければならない。

フロアディレクターによるセットや照明、音のチェック、スクリプトアシスタントによる台本の最終手直し……プロが揃《そろ》っていても、スタートがかかるまでには手間取るものだ。

その夜は『十二人の踊る王女様』の撮影で、バックで踊るバレースクールの生徒たちが遅刻したため、進行が遅れた。少女たちが衣装にメイクアップにとあわてふためいている間、ほかの出演者はセットのまわりで暇を持て余していた。

そのうえ、手違いや何やらで、カウントダウンが始まるころ、すでにドミナイはぐったりしていた。ブロンドのかつらが効果用の扇風機の風でもつれているのをディレクターが見つけ、ヘアドレッサーを呼んでスプレーをかけさせた。ドミナイはいらいらし始めた。

「おやおや、生きのいい、うまそうなのがいるぞ」ドミナイの父王役のアレンが、入ってくるなり言った。

「ああ、やめてください」ポールが調子に乗って口調を合わせ、ドミナイにウインクした。「ヒーローはぼくだぞ。彼女に手を出すんじゃない」

「二人とも静かにして」ドミナイは言った。二、三分前からオンになっているオーバーヘッドマイクは勝手に音を拾っていた。「頭が変になりそう」

しかしアレンはからかうのをやめなかった。「お前が悪いのだ、そんな豪華ななりをするから」

「やめなさいよ、もう!」ヘレンがいらだたしげに声をあげた。四人がいっしょに仕事をして三年になる。妙にうまの合う仲だが、ときにアレンのからかいは度を越す。そんなときドミナイはいつも叔父を思い出した。集まりがあると最初から最後までよたを飛ばしているのが叔父だった。

「ドミナイ?」スピーカーからカーターの声が流れた。いつものように調整室から進行状況を見ているのだ。「ちょっと来てくれ、面会だ」

誰かしら。歩きながらドミナイはガラス張りの調整室をのぞき、とたんに顔色を変えた。ドクター・ウルフが、黒のオーダーメイドのスーツを着て壁に寄りかかっていた。近づくと、スタジオから入る強烈なライトのせいか青い瞳が燃えているように見える。いつからアレンのばか騒ぎを見ていたのかしら。

「仕事中に悪かったかな」ドクター・ウルフは小声で言い、ほほ笑んだ。ちらりと見えた歯はまぶしいほど白い。

「オフィスで話していたんだ、新聞に出す例の撤回声明のことでね」カーターが言った。「もう片づいた。オーケーだ。それで、収録のようすを見たいとおっしゃるのでお連れしたんだよ」

ドミナイの脈はいつにもまして速くなり、コントロールを失って暴走し始めた。わざわざここまで来たのは、本当はなんのためなのかしら。「それは残念だわ、今夜はいつ始まるかわからないの」

ドクター・ウルフはアイボリーのドレスと淡いブルーのケープの間からのぞくドミナイの体をそれとなく見て目を上げた。「いやいや、なかなかおもしろいよ」

「一時間もいたら飽きるわ。よかったら、この間のマイケルたちのビデオを映写室でご覧にならない? テープはそのまま持って帰れるわ」

「ここで君を見ているほうがおもしろいな。予定がないなら、あとでいっしょにビデオを見ない?」

「ええ」ドミナイはあわてて言った。「何もないわ」

「じゃ、ここで待とう」

「さて、ぼくはこれで失敬しようか」カーターはドクター・ウルフと握手を交わし、ドミナイのメイクアップを施した頬にキスして出ていった。「日曜日は十一時だからね」

ドミナイが振り返るとドクター・ウルフがじっと見ていた。だが、何も言わなかった。ただのあいさつ代わりのキスなのに、この人は……。

「じゃ、あとで」ドミナイはドクター・ウルフの視線を背中に感じながらセットに戻った。ひどく緊張していた。プロンプターを兼ねるスクリプトアシスタントが、今日ほど心強く思えたことはなかった。

しかしいざカメラが回り始めると、驚くほど完璧《かんぺき》な演技ができた。ドミナイは誇らしかった。見て、これがプロなのよ！　俳優の演技、そしてスタッフの技術、これがプロというものだわ！　それでも、やはりB級女優じゃないかと思われているような気がして不安だった。

調整室のガラス越しに見えるドクター・ウルフはドミナイの演技に引きつけられているようだった。それでも妙な表情になったり、嘲《あざけ》るようなつぶやきをもらすように口元が動くのを見て、ドミナイはしゅんとなった。

撮影は順調に進み、思いのほか早く終わった。ドミナイは衣装もメイクアップもそのままでドクター・ウルフと映写室に入った。ドアを閉めると二人きりだ。ドミナイは神経質に髪をかき上げた。

「〝生きのいい、うまそうなの〟にしては疲れているね。なぜそれほど根をつめるんだ？」

やはり先ほどの浮かれ騒ぎを見ていたのだ。「いつもはこんなことないわ」ドミナイはデッキにテープをセットした。「あなた方お医者様だって、長い間仕事から離れる前は忙しくならない？」

「参ったな」ドクター・ウルフは笑った。だが明かりを消し、ビデオが始まると、口をつぐんだ。画面はマイケルが車から飛び出すところから始まった。ドクター・ウルフは身を乗り出して画面に見入った。ドミナイも見るのは初めてだ。

ドミナイの腕に抱き留められて見上げる、愛らしいマイケルの顔が大写しになった。「きれいだな！　ストーリー・プリンセスがママだったらいいのに！」

「ふう」ドクター・ウルフが感極まったように息を吐き出した。

ドミナイは、腰に回されたマイケルの腕の感触を生き生きと思い出した。今でこそだいじょうぶだとわかっているけれど、あのときはマイケルは死に瀕《ひん》していると思っていたのだ。それを思うと涙があふれてしようがなかった。

ストーリー・プリンセスに会った喜びが、ピーターとマイケルの全身にあふれている。それが画面を通してひしひしと伝わってきた。ぬいぐるみを着て青狐《ぎつね》を演じるピーターの大写しが現れると、新たにドミナイの喉に温かいものがこみ上げてきた。

「泣かないでください、王子様。わたしはいつもあなたのおそばにいます。わたしはこの目であなたの王国を見守り、この耳をあなたの民の言葉に傾けます。王子様、あなたを愛しています。ですから、どうぞ悲しまないでください」

石の心さえ感動しそうな演技だ。ドミナイのナレーションが始まると、目の見えない王子様の衣装を着たマイケルが、言われたとおりに左足を引いてポーズをとる。その真剣なしぐさはほほ笑ましかった。

いきなりドクター・ウルフが立ち上がり、テープを止めた。フィルムはまだスペース・ニードルでのシーンまで進んでいない。ドクター・ウルフはしばらくデッキの前でじっとして動かなかった。子供たちのあどけない笑顔を、これ以上見ていられなかったのだろうか。

ドクター・ウルフが振り返った。「なんと言ったらいいか、胸がいっぱいだ。ありがとう、これはうちの宝だ、大事にするよ。これを見せたらあの子たちは飛び上がって喜ぶだろうな」

ドミナイは立ち上がって明かりをつけた。仕事の疲れと幸せな気分でぐったりしていた。こんなに幸せな気分になったのは、ドクター・ウルフと会って以来初めてだ。

「コンテストをして本当によかったわ、あの子たちと知り合えたんですもの。実はこの間あの子たちに電話したの——がっかりさせたくなかったから」

「そのことで話があるんだ」

それまでおだやかだったドクター・ウルフの顔が急に険しくなるのを見て、ドミナイはとまどった。

「電話をかけたのは間違いだったかしら？」

「君が本気だったのならべつにかまわない」

「本気じゃないと思っているのね。ろくにわたしを知りもしないで、なぜわかるの？」

ドクター・ウルフの顔はいっそう険しくなった。

「ピーターのことが気になるんだ。今あの子の頭の中は、君に許してもらわなければということでいっぱいだ。家の雰囲気がすっかり変わってしまった。あの子はふさぎこんで、ただ君からの電話を待っている。かかってくる当てもないのに」

ドミナイは弁解しようとしたが、ドクター・ウルフはかまわず続けた。

「もちろん、うちの子に対して君にはなんの義務もない。君が本気だということもわかっている。でも君にはいつどんな用ができるかわからない。今度のツアーにしてもそうだ、約束はできないと言っていたね。だとしたら電話をくれないほうがよかった。いたずらにピーターの希望をあおるだけだから。わたしもあの子たちのがっかりする顔を見たくない」

「わたしが子供たちをがっかりさせるなんて、本気で思っているの？」ドミナイの声は憤りで震えた。

ドクター・ウルフはデッキからテープを取り出し、ドアに向かって歩きながら言った。「君が本気で約束したとは思っている。でもそれを守れるか、となると不安だ。忙しい人だからね。君は仕事を人一倍よくやっていると思う。結局それは、仕事を最優先していることだろう。ピーターにはその辺がわからないんだ」ドクター・ウルフは立ち止まり、テープを掲げた。「これ、ありがとう。ツアーの成功を祈るよ」

ドミナイは茫然《ぼうぜん》と立ち尽くした。ピーターの手紙の一節がよみがえってくる。〈パパは、王女様は……子供が好きじゃない、と言っています。ただみんなの注意を引きたいだけだって〉

では、二人きりで食事したのも、ただのジェスチャーだったのかしら。

約束を守れないなら、自分にも子供たちにも近づかないでほしい、という警告だったんだわ。ドミナイは帰りの車の中でドクター・ウルフの言葉の意味を考えていた。ということは、もうドクター・ウルフに会えないのだ。

翌日、ドミナイは部屋を片づけ、荷物をまとめた。郵便物の受け取りと庭木の手入れは隣の住人に頼んである。プロモーションツアーに行くときは、それほど服はいらない。仕事にはストーリー・プリンセスの服装だけで足りる。仕事が終わればカジュアルな服装で裏通りや近隣の町をぶらついて、本屋をのぞいて回るのがドミナイの習慣だった。父親ゆずりの大の本好きなのだ。彼女はそうしてお話の種を探して歩くのだった。

日曜日の朝早く、カーターが迎えに来た。ツアーの最初の目的地、ベリングハムまでは彼が送ってくれることになっていた。車中、仕事の話が終わると、カーターはドクター・ウルフのことをたずねた。ドミナイは気が進まないので、カーターの息子のことを持ち出して巧みに話をそらした。カーターもそれを察したらしく、ドクター・ウルフの話はそれきりになった。

ベリングハムのホテルでは、チルドレンズ・プレイハウス社の保安係、ビル・ハリスが待っていた。これからツアー期間中ずっと、ビルが運転手兼ボディガードを務めるのだ。カーターがすぐ引き返すと聞いて、ドミナイはほっとした。カーターは次のスポーカンへのツアーの打ち合わせをしたそうなようすだったが、ドミナイはまだコンテスト騒動の疲れが抜けていなかった。

ビルとのツアーは気が楽だ。当たりの柔らかい、どこか父親を思わせる退職警官のビルといると、いっときにせよ、ドクター・ウルフから受けたショックを忘れることができる。

ツアーに出て一週間後、ドミナイは鼻かぜにかかった。ほうっておいたのがいけなかったらしくだんだん悪化し、二日後にはとうとうビルの勧めもあって横になった。もちろん当面の仕事はキャンセルするしかない。

カーターに電話で事情を説明して、一週間休養することになった。「ゆっくり休んでしっかり食べて、治ったらスポーカンの話をしよう」彼はそう言った。スポーカンと聞いただけで気分が悪くなる。ドミナイは休養を認めてくれた礼を言い、電話を切った。

さあ、一週間休みだ。そう思うと、とたんにドミナイは元気が出た。ピーターとマイケルに会おう――それからドクター・ウルフに……ドクター・ウルフに。ドミナイはまるで男の子にのぼせる十代の少女のような気分だった。もちろんジャロッド・ウルフは男の子ではない。男性、それも今までに会ったこともないような男性だ。それにしても二十七歳にもなって膝ががくがくするほど興奮するなんて、どうかしている！

そうだ、オフィスに何か連絡が入っているかもしれない。ドミナイはもう一度受話器を取り上げ、ダイヤルを回した。あの人から電話があるはずはないと思いながら、受話器にかじりついてマージが出るのを待った。

「何件かあったわ、ミス・ローリング」マージのきびきびした声が返ってきた。「ライル・ホブスンから六、七回、先方の電話番号を聞いてあるわ。アパートメントの隣の方から二回、荷物をいくつか預かったそうよ。それにタコマのミスター・ロウリーという方から。どうしても電話が欲しいとかで、二箇所の電話番号を言っていたわ。レネット・モフィットがスタジオにお昼を誘いに来ているわ。それからボイストレーニングの先生は二週間留守にするんですって。そうそう、二日前にピーター・ウルフから電話があったわ」

ドミナイは受話器を持ち替えた。「何か言っていた?」

「あまり。ツアーはいつごろ終わるのかときくので、わからないと答えたら、がっかりしていたわ。メッセージはありません」

ドミナイは起き上がって膝をかかえた。「今日また電話があったら、じき電話すると伝えてちょうだい」

「わかりました。でもミス・ローリング、声がおかしいわ。かぜをひいていません?」

「もう最悪。でもカーターが一週間休みをくれたわ。じゃ、シアトルに戻ったら電話するわね」

ドミナイには悶々《もんもん》としているピーターの気持が痛いほどわかった。謝罪がすむまできまじめに気に病んでいるのだろう。あの父にしてこの子あり、よく似ていること。

すぐ電話してあげなければ——そう思いながらも、ドクター・ウルフが出たらと思うとためらわれた。皮肉の一つも言われて切られたら、もうどうしようもなくなる……。ドミナイはベッドの上でうなだれた。

そのとき、ある考えがひらめいた。そうだ、ピーターに直接会えばいいんだわ！　シアトルに帰る途中ブレマトンに寄ろう。ピーターはびっくりするに違いない。どこでもいい、ホテルに部屋を取ろう。家まで行けば、ドクター・ウルフだって非難するわけにはいかないだろう。

ドミナイはさっそくコースト・インに翌日の宿泊予約を入れた。そして店で買ったかぜ薬をのみ、ビルの運転するリムジンの中で、泥のように眠った。

ホテルには午後遅く着いた。霧が古風な趣のある町並みを隠し、玄関の前をさらさらと流れていた。潮の匂《にお》いを含んでいるに違いない。だがかぜをひいているドミナイにはわからなかった。ビルは部屋まで送ると言ったが、ドミナイは霧が濃くなるのを心配してホールまでで帰した。シアトルまではレンタカーで戻るつもりだった。

部屋に落ち着くと、さっそくドクター・ウルフの家に電話した。しかし返ってきたのは留守番電話の声だった。気を取り直してオフィスに電話すると、またもや留守番電話になっている。

〝ドクター・ウルフは休診日です。急用の方はドクター・ハンセンにおかけください〟

ドミナイはがっかりしながら伝言を吹きこんだ。

「コースト・インにいます。そちらの都合のよいとき、ピーターに会いたいと思います」

ゆっくり風呂に入り、寒色系の絹のジャージードレスに着替えた。そしてピーターからの電話に備え、交換台に電話はダイニングルームに回すように頼むと、危なっかしい足取りで部屋を出た。食欲はないが、とにかく喉の痛みを和らげる飲み物が欲しかった。階段を下りかけたとき、駆け上がってくる褐色の髪の男が目に入った。オフホワイトのざっくり編んだセーターに、ブルージーンズという姿の男は、しなやかな身のこなしで一段飛ばしに上がってくる。見とれていると、男が踊り場でふと目を上げた。なんと、それはドクター・ウルフだった。

ドクター・ウルフは青い目でひたとドミナイを見つめた。セーリングの帰りにまっすぐ来たらしい。髪は風に乱れ、頬は潮で焼けている。ドミナイは今までのわだかまりを忘れた。

「本当にいたんだな」ドクター・ウルフがぽつりと言った。そしてドミナイのまだらに赤らむ頬から体の曲線、脚にまつわりつくドレスと、ゆっくり視線をすべらせていった。

「わたし……」ドミナイはとまどった。彼の口調も目も非難しているようには見えない。むしろ会えて喜んでいるようだ。「あなたの邪魔をするつもりはなかったんだけれど。今日はお休みですって?」一歩、また一歩と、ドミナイはためらいながら階段を下り始めた。

「ボートデッキをしょっちゅう修理しなければならなくてね。逃げ出す理由になるものならなんでも歓迎だ」ドクター・ウルフも階段を上がり始めた。「ここで何をしている? ブレマトンまでツアーが延びたとは聞いていないけれど」

ばかにしているのかしら。ドミナイは下りながら、ふと思った。やがてドクター・ウルフの一段上で立ち止まった。気がつくとドクター・ウルフの青い目を真正面に見る形になっている。「ツアーは中止になったの。だからピーターと会ういい機会だと思って」

ドクター・ウルフはまじまじとドミナイの顔を見て眉をひそめた。「具合が悪そうだな。鼻はいつからつまっている?」

「二、三日前から」

ドクター・ウルフの顎のすじがぴくりと動いた。「かぜに感謝しなくてはいけないようだな、おかげで君は来られたのだから」それから、がっしりした胸の前で腕を組んだ。「ストーリー・プリンセスもかぜをひくのか。いずれは死ぬというわけだ。フィリップスは君がずる休みしたと知っているのか？」

嘲りを覚悟で来たはずでしょう？　ドミナイは自分を叱咤《しった》した。「かぜとわかったから、一週間休みをくれたのよ」

「だがフィリップスは、まさか君がブレマトンにいるとは思っていないだろうな」

執拗《しつよう》ないやみに、ドミナイはむっとした。「あの人はプライベートなことにはいっさい口出ししないわ。わたしはピーターのために来たの。今でも会わせたくないのなら、そう言って。すぐシアトルに帰るから」

ドクター・ウルフは目を細めた。ドミナイにはそれがよそよそしく思えた。ひょっとしたらわたしが好きなのでは――どこかでそう思っていたが、その淡い望みも絶たれたような気がした。

「ポケットベルが鳴ったとき、子供たちはわたしといっしょにボートハウスにいたから、君が町にいることは知っている」そう言ってドクター・ウルフは分厚い金の腕時計をちらりと見た。「今からボートハウスに戻って連れてくる。ここのダイニングルームでいっしょに食事をしよう、この天気で外出するのは体に障るから。それから食事が終わったらすぐベッドに入ること。抗生物質は？」

「いいえ、まだ」

なぜこの人がそんな気遣いをするのだろう。

「じゃ、取ってこよう。フィリップスは医者にかかれと言わなかったのか？　意外だね、あれほど抜け目のない男が、歩く金山をほったらかしにするとは」

気遣いだなんて、とんでもなかったわ！　ドミナイはかっとなった。だが、階段を上がってくる客に気づいて怒りを抑え、階段を下りようとした。するとドクター・ウルフが前に立ちふさがった。

「ドミナイ……」客をやり過ごすと、ドクター・ウルフはドミナイの腕を取った。「フィリップスのことを持ち出して悪かった。子供たちのイメージを壊してほしくないんだ、君の金色のイメージを。ぼくがそんなことを思うなんておかしいな。とにかく、子供たちは君が来ていると知って大騒ぎしているよ」ドクター・ウルフは指先でドミナイの肌をなでた。「正直なところ、また電話してくれるとは思わなかった。ピーターのために病気を押して来てくれるとはね」ドクター・ウルフの手がドミナイの腕からすべり落ちた。「すぐ戻る」

走り去る後ろ姿を見送りながら、ドミナイは手すりにしがみついてかろうじて立っていた。ドクター・ウルフの口から感謝の言葉を聞くとは思いがけないことだった。怒りもわだかまりも、そのひと言できれいにぬぐい去られた。結局——ドミナイは思った——ドクター・ウルフの有名人嫌いは、奥さんのアマンダと関係があるらしい。くわしいことはわからないけれど、たぶん、アマンダ・カールスンを愛していただけに、よけい彼女を自分から奪ったテレビの仕事を憎んでいるのだろう。

それと同時に、ドミナイは全身から力が抜けていくのを感じた。感謝は感謝、ドクター・ウルフはわたしに特別の感情を抱いているわけではない。ピーターの件がすんだら、もうわたしと会う気はないに違いない。そう思うと、ドミナイは二度と立ち直れそうもなかった。それほど、わたしはあの人を愛してしまったのだ……。

5

ドミナイはひとりになりたかった。ひとりになって思いきり泣きたかった。でもウルフ家の子供たちをがっかりさせるわけにはいかない。会うなら会うで、しゃんとしなければ。あの子たちの前で取り乱してはいけない。

部屋に戻って顔を洗い、鏡をのぞきこむと、青ざめた顔が映っていた。ドクター・ウルフと会うたびに、しだいに力を奪われていくような気がする。けれど子供たちに疲れた顔を見せるわけにはいかない。口紅と頬紅でさえない顔色を隠し、ロシャスの香水を吹きつけ、髪をさっととかして、ドミナイは部屋を出た。

ダイニングルームの片隅で、大きな暖炉が盛んに炎を上げている。寒気のするドミナイはそのそばに席を取った。ディナーにはまだ早く、客の姿はまばらだ。外は風が出てきたらしく、音は聞こえないが窓の外で木々が激しく揺れている。

体の温まったドミナイは立ち上がって壁の方にぶらぶら歩いていった。壁には船の絵がかかっている。ピュージェット湾をかつて往来した歴代の船を描いたものらしい。ちょっとした船の博物館だ。

「どこにいるの?」聞き覚えのあるかん高い声がした。ドミナイは喜びに胸を震わせて振り返った。しかし心もとなさそうに室内を見回す二人を見たとたん、顔から笑みが消えた。二人はブロンドのストーリー・プリンセスを探しているのだ。

ドクター・ウルフがきついまなざしをドミナイに向け、それからかがみこんで子供たちに何事かささやいた。すると二人は同時にドミナイを見た。だが、もじもじして動こうとしない。

三人は申し合わせたようにセーターとジーンズを着ていた。ああ、これが家族なのだ。そう思うとドミナイの喉に熱いものがこみ上げた。あそこに加われたら……。

ドミナイは気を取り直して歩き出した。「かつらを取ってこようかしら?」にこやかに両手を差し出すと、マイケルは父親の手にしがみついた。ピーターはさすがに年上らしく手を握った。だが目を伏せたままだ。

「こんにちは、ミス・ローリング」唇をかんだかと思うと、「ごめんなさい、あんなことして」と一気に言い、みるみる目に涙を浮かべた。

どんなにつらい思いをしていたことか。ドミナイはこみ上げる涙をこらえた。もっと早く会ってあげればよかった。「まあ、なんのことかしら?」ドミナイがやさしくたずねると、ピーターはかわいらしいブロンドの頭を上げ、おどおどした目で見た。

「覚えていないわ。わたしはね、一度忘れちゃったら絶対思い出せないの」

ピーターは一瞬ぽかんとしたが、すぐにうれしそうに顔を輝かせた。

「いらっしゃい、ピーター。会いたかったわ」

ピーターは、今度はためらうことなくドミナイの細い腰に抱きついた。よかった……。うれしそうに振り仰ぐ顔を見て、ドミナイはしみじみと幸せをかみしめた。ピーターがドミナイの髪を見て、まぶしそうな目つきをした。「あのね、パパの言うとおりだよ。かつらがないと、全然ママと似ていないね」

「ええ」ドミナイはやさしくほほ笑んだ。「でもあなたは似ているわ」

「本当?」マイケルがすっとんきょうな声をあげて駆け寄った。今日はストーリー・プリンセスの衣装を着ていないので、ドミナイは軽々と抱き上げた。

「ええ、あなたもよ。瓜《うり》二つだわ」

「なあに、瓜二つって?」マイケルは確かめるようにドミナイの髪に触った。

ドミナイはちらりと父親を見た。驚いたことに、ドクター・ウルフの目には率直な感謝の色が表れていた。階段で見せた嘲《あざけ》りの表情はどこにもない。子供がかわいくてしかたないのだ。そしてアマンダを深く愛していたに違いない……ドミナイは鋭い苦痛にさいなまれた。そんな! 嫉妬《しっと》であるわけがないわ! だが彼女はひそかにそうではないかと恐れた。

ピーターとマイケルが答えを待って見上げている。

「それはね、あなたたちがお母さんとそっくりだっていうこと。誰が見ても、ああ、あの人の子だなってわかるわ」ピーターとマイケルは顔を見合わせてにっこりした。

いきなりマイケルがキスした。「ママを知っていたの?」

ドミナイは咳《せき》払いをした。「いいえ。でもテレビで見たの。あなたたちみたいにきれいで賢い人だったわ。すてきな子を二人も持って、世界一幸せだったでしょうね。本当にすばらしい家族ですもの」

「ぼくたちが?」ピーターとマイケルが声を揃《そろ》えて言った。

ドミナイはジャロッドを見ることができなかった。いつのまにかドクター・ウルフは、ドミナイの心の中でジャロッドになっていた。「お母さんは亡くなられたけれど、あんなすてきな人に替わる人はいないでしょうね。でもお父さんはあなたたちが大好きなのよ。わたしは……」ドミナイはうつむいた。「十代のときに母が亡くなり、そのあとあなたたちと同じように父が大事にしてくれたわ。けれど、父も亡くなってしまったの」

「じゃあ、ひとりぼっちなんだね」マイケルは頭をそっとドミナイの肩に寄せた。

するとピーターがきっと顔を上げた。「違うよ。ぼくたちがいるもん。ね、ミス・ローリング？　ね、パパ？」

「らしいね」そっけない返事だった。「ピーター、ミス・ローリングは大人なんだ、面倒を見たいという友達が山ほどいるんだよ。わたしたちはその山の土のひとかけらにすぎない」

目の前でぐらりと部屋が揺れた。また侮辱の言葉だ。それとも、子供たちにこれ以上近づくなということなのだろうか？

「おなかはどう？　わたしはぺこぺこよ」ドミナイはマイケルを床に下ろし、手を引いて歩き始めた。

「嘘《うそ》をつくなよ」ドミナイの椅子を引きながらジャロッドは耳元でささやき、さっさと向かいの席に着いた。

ドミナイはジャロッドを見なくてすむようにメニューを取り上げた。「さて、お薦めは何かしら？」

「君には熱々のチャウダーだ」ジャロッドはそう言ってポケットから薬瓶を取り出し、ドミナイの前に置いた。「今は二錠。あとは四時間置きに一錠ずつのむんだ、なくなるまで」

「調子悪いんだね、ミス・ローリング。ごはんを食べたらすぐ寝なくちゃいけないって、パパが言ってたよ」

マイケルがたずねる。「パパの言うとおりにするの？」

「どうかしら、わたしのパパじゃないもの」ドミナイはいたずらっぽく言ってマイケルの手をなでた。

だがマイケルは大まじめだった。「わかってるよ。でもパパはパパになりたいんだ、きっと。言うとおりにしなかったらパパがベッドに連れてくって言ってたよ。パパは怖いんだから」

「でしょうね」

いたずらっぽい視線を送るドミナイを、ジャロッドはまともに見つめ返した。「まったくこの子たちの前では一生、下手なことは言えないな。でも君はここを離れるまでの辛抱だ。うらやましいよ」

おだやかな声だが、ドミナイにはこう言っているように聞こえた。〝ピーターも心の重荷が降りた。もう君に用はない〟

ウエイトレスが来て注文を取り、去っていった。待ちかねたように、子供たちのおしゃべりが始まった。

「ミス・ローリング、明日はベインブリッジ・アイランドに行こうよ」まずピーターが口を切った。「アンディはいつもおばあちゃんと行くんだ、フェリーはすごくおもしろいって。ねえいいでしょ、パパ?」

ジャロッドはうなずいた。「ミス・ローリングがよくなればね。でも無理だろうな」

しかし子供たちはそんな言葉におかまいなくプラン作りに熱中した。

やがて料理が来た。ドミナイはスプーンを取り上げた。ジャロッドが見ているが、それでもスープをひと口二口飲むのがやっとで、それ以上食欲があるふりをするのは無理だった。ほかのみんながおひょうをぱくつくのを横目に見ながら、ドミナイはコーヒーを飲んでいた。

子供たちがシャーベットに取りかかるころには、座っているのがやっとだった。すると見計らったようにジャロッドが立ち上がった。「もう横になったほうがいい」そしてドミナイの後ろに回った。「ミス・ローリングにおやすみを言いなさい」

「もう?」ピーターが口をとがらせた。「まだ七時半だよ」

ジャロッドはさりげなくドミナイの腰に手を回した。「本当は寝ていなければいけなかったんだ」

「今夜やすめば、明日はフェリーに乗れるわ」

ドミナイは精いっぱい明るく振る舞った。だがジャロッドの声は無情だった。

「完全によくなったら、だ。今はプランなど立てられる状態じゃない」

「パパ、よくなったらミス・ローリングといっしょにセーリングしようよ」マイケルはドミナイの脚にしがみつき、顔を見上げてにっこりした。「すごいよ！」

「残念ながら、それは無理だろうな」ジャロッドはドミナイの返事を待たずに言った。「じゃ、君たちはここで待っているんだよ、すぐ戻るから」

「明日はよくなってよ」マイケルは、紫がかった青色の瞳を心配そうに見開いていた。「ぼく、今夜いっしょにいたいなあ。だめ？」

マイケルが父親の顔を見上げると、ドミナイはさっとかがんで彼を抱いた。「今夜は無理だわ、残念だけれど。明日会いましょうね」

ピーターは、シャーベットのグラスの脚をつかんだまま、食べるのも忘れてたずねた。「朝、電話していい？」

「ええ、もちろんよ」ドミナイはピーターの頬をつつきマイケルにキスした。「あなたたちのお父さんのおかげで、明日の朝はきっとよくなっているわ」

「期待しないほうがいい」ジャロッドはドミナイをうながしながらささやいた。

背中にあてがわれた手のぬくもりを感じると、ドミナイは体がふわりと浮き上がるような気がした。

「おやすみなさい」

ジャロッドにつき添われて階段を上がりながら、しょげ返った二人の顔がドミナイの頭から離れなかった。

部屋に入ると、ベッドサイドのテーブルに加湿器が置いてあった。ジャロッドが、ダイニングルームにいる間に持ってきてくれたに違いない。ドミナイの心に蜜《みつ》のように甘いものが広がった。ああ、あなたの腕にくるまって眠りたい。そしてそのままずっと抱かれて……。

「もう起きているのは無理だ、すぐベッドに入りなさい」

ドミナイは我に返った。彼は医者の口調になっている。べつにわたしを気遣っているわけではないのだ。「あなたが出ていったらね」

ジャロッドはうなじをさすった。「何かあったら電話しなさい、何時でもかまわない。いいね？」

ドミナイはあらぬ方を見てうなずいた。「いろいろありがとう」

「仕事だからね」

もうたくさん。ドミナイはいらだった。「とにかく、ありがとう」

「ドミナイ……」

妙に静かな声にドミナイが振り向くと、ジャロッドはどきりとするほど気遣わしげな表情をしていた。彼は一歩近づき、ドミナイの額に手を当てた。わずかにドミナイの体が揺れた。

「熱がある……まずいな」

「朝までには元気になっているわ。わたしってばかね、早いうちに病院に行けばよかった」

ジャロッドは首を振った。「こんな状態で来るなんてむちゃだ」

ドミナイは、ジャロッドの顎にうっすらとひげが伸びているのに気づいた。「これ以上ピーターを待たせたくなかったの。自分から電話してくるというのは、よほどのことだわ」

「ピーターが？」ジャロッドの顔がこわばった。

「ええ、マージが受けたの。いったん謝ろうと決めたらすぐそうしたくなるものでしょう、まだ勇気のあるうちに？」

「鋭いな。子供の心理についてどこで学んだ？」

「どういうこと？」

「実はここ一週間、あの子の落ちこみようがひどくて心配していた。気の小さいところがあってね。それが君のひと言であのとおり、すっかり元気になった。君には子供を手なずける才能があるんだな」

それしかないけど――ドミナイは口の中でつぶやいた。「よかったわ、元気になって」

「今度は君の番だ。おやすみ」ジャロッドは加湿器に近づき、スイッチを入れた。「朝になってまだ熱があったら外出はやめだ。いいね？　子供たちには、君は二、三日寝ていなければいけないと言っておくから」

もう少しでいいからそばにいて……。ドミナイは目を閉じた。どうしたのかしら、わずかの間にこんなに彼が必要になるなんて。

「少しようすを見たらどうかしら」

「無理だ。ぼくにはわかる。万一ということがあるから、フロントにぼくの連絡先を言っておこう」

そう言いながら、ジャロッドはなんとなく去りがたそうにしていた。

「おどす気？」ドミナイは弱々しくほほ笑んだ。

ジャロッドはドアノブに手をかけて振り返った。

「どうかな。でも急に肺炎を併発するケースをずいぶん見ているからね。君は長い間体を酷使してきた、君のような人種は皆そうだ。おやすみ、ミス・ローリング」

君のような人種？　わたしは違うわ！　そう叫んでも、今の喉ではかすれた声にしかなりそうにない。ドミナイは腹いせに右足を思いきり振り上げた。靴は弧を描いて飛んでいき、閉じたばかりのドアに見事命中した。ああ、またあの人と戦争だ。ドミナイはがっくり肩を落とした。

ドミナイは木綿のナイトガウンに着替えた。木綿のさらりとした肌触りが、体のほてりを少しは静めてくれる。羽布団は息がつまりそうだ。ドミナイはそれを足元まで押し下げ、シーツにくるまってほっと息をついた。

ところがいざ横になってみると、ジャロッドとのやりとりが次々と頭に浮かんで眠れなかった。夕食の間は眠くて、いつチャウダーに頭を突っこむか気が気ではなかったのに。ドミナイはしだいにいらいらしてきた。なぜ眠らせてくれないの？　そう叫びたかった。だが叫ぼうにも、かぜはいよいよ悪化して、息をするのがやっとだった。

横向きになって加湿器の蒸気に当たると、少しは楽になった。ほっとすると、目じりに涙がわき上がった。

なぜこんなものを持ってきたのだろう。わたしを愛していないのに、好きでもないのに、なぜこれほど世話をやいてくれるのかしら。

涙はしだいにふくれ上がり、やがて頰を伝って落ちた。

わたしにこの町から出ていってほしいのだ。起き上がれるようになったらすぐにでも。二度と目の前に現れてほしくないのだ……ピーターに電話するだけにしておけばよかった。

涙はすすり泣きに変わった。しかし泣けば泣くほど、ジャロッドの姿は涙に洗われて鮮やかになるばかりだった。

電話のベルの音でドミナイは目が覚めた。寝入ってから一時間ほどしかたっていないような気がしたが、時計を見るともう朝の九時だった。加湿器は止まっている。ピーターかしら、それともマイケル？

ドミナイは受話器を取ったものの、ひどいかすれ声しか出なかった。

「やっぱり、ひどい声だな」ジャロッドだ。「眠れた？」

「ええ、加湿器があって助かったわ。ありがとう」

「また薬をのむ時間だよ、今すぐのみなさい。今日は出かけないほうがいいな。熱は？」

「下がったみたい」触れてみるまでもなく、額はほてっていた。「気分もずっとよくなったし、だいじょうぶよ」

「熱が上がらなくてよかった。だが油断は禁物だ。明日もっとよくなっていたら、起きていいかどうか考えてみよう。今日は水をたっぷり飲んで、加湿器をつけておくこと。今は病院にいるから、用があったらこちらに電話しなさい」

「何もないと思うわ。でもありがとう」

ジャロッドはしばらく黙っていた。「お礼はあとでいい。よくなって子供たちと島に出かけて、仕事に戻って、それからだ。薬をのみ忘れないように。じゃ」

ドミナイは受話器を握ったままベッドの上で体を起こした。早く消えてほしいということだわ！

いいわ、お望みどおりにしましょう。今日中にシアトルに戻ってあげる。でも、あの子たちに会ってから。

どうせ横になっていてもジャロッドのことを考えるばかりだし、そんなことをしていては子供たちに会えずじまいになる。同じ横になるなら船のラウンジチェアでくつろいで、あの子たちの遊び回る姿を見ているほうがいいに決まっている。

薬をのみ、シャワーを浴び、服を着て、荷造りをし、フロントでレンタカーを予約して、ベインブリッジ・アイランドに行くフェリーの出発時間を問い合わせて……ドミナイはふらふらしながら手はずを整えた。
二、三時間で島に着く。豪華なお昼をとって、夕食に間に合うように戻ろう。どうせ二度と会えないんだもの、最後くらいはジャロッドの目の届かないところでゆっくり子供たちと遊ぼう。

フェリーターミナルは凍えそうな寒さだった。そして吹き寄せられてはどこかに消える霧。この地方特有の気候だ。ドミナイは気にしなかった。ミセス・モーンが子供たちを連れてきてくれるのを待ちながら、彼女は今日の行動をチェックしてみた。ホテルの会計はすませた、荷物と加湿器はフロントに預けた。それからドクター・ウルフあての手紙も預けた。中にはお礼のメモと、昨日の自分の夕食代、薬代の小切手を入れたし……これでし残したことはないはずだ。

車が止まり、マイケル、ピーター、そのあとからミセス・モーンとおぼしき女性の姿が現れた。ドミナイは夢中で手を振り、駆け寄るピーターとマイケルを抱き留めた。

「お父さんの船ほどではないかもしれないけれど、でもきっとすてきよ」

ベインブリッジ・アイランドまでは、シアトルでフェリーを乗り継いで行く。乗船する人の列の中で、マイケルはぴょんぴょんはねながら言った。「パパはフェリーに乗せてくれないんだ。うちには立派な船があるから乗る必要はないだろうって」

マイケルの口まねがおかしくて吹き出したとたん、ドミナイは激しく咳《せ》きこんだ。

「友達のアンディがね、船にスロットマシンがあるって言ってたよ。やってもいい？」ピーターが言う。

ジャロッドが知ったらどう思うだろう。でも今日は心ゆくまでこの子たちと遊ぶと決めたのだ、害になるとも思えないし。「いいわよ」

「やったあ！」二人は声を揃えて叫んだ。

「ぼくたち、お金を持ってきたんだよ」ピーターが息をはずませて言い、マイケルといっしょにポケットから小銭を出してみせた。「でもパパには言わないでね」

二人のうれしそうな顔を見ると、ドミナイはだめとは言えなかった。「きかれたら言うわ、でもたぶんきかれないでしょうね」二人はにやりとした。

「治ってよかったね」ピーターが遠ざかっていく埠《ふ》頭《とう》を見ながら言った。「パパは今日も寝ていなきゃだめだろうって言ってたけれど」

「それはわたしがもっと悪くなると思ったからだわ。でもご覧のとおり、元気よ。島に着いたらすてきなレストランを探しましょう、ね？」二人の顔は笑いに崩れっぱなしだった。「ただし、船に乗っている間は救命胴衣を着けていること。わかった？」

二人はうなずき、さっそく船内の探検を始めた。

一時間後、二艘《そう》目のフェリーに乗ると、二人はスロットマシンを探しに出かけた。

高い波、視界をさえぎる霧にもかかわらず、船旅は楽しかった。島に上がるとあちこち店をのぞいて回りながら、ピーターとマイケルの口はかたときも休まなかった。昼食の時間はたっぷりあった。といってもハンバーガーのあとにドーナツとホットチョコレートをたいらげる子供たちを前にして、ドミナイは紅茶にトーストがやっとだった。二人に本を買ってあげるとシアトルに戻る時間になった。

島を巡っている間に天候は悪化していた。吹きすさぶ風がいちだんと厳しい寒気と雨を運んでくる。ドミナイの体調は最悪だった。喉をすっきりさせようとコーヒーを飲んでみたが、胸のむかつきがひどくなるだけで、ひっきりなしに咳が出る。

一日の冒険で興奮しきっているマイケルとピーターはドミナイの変調に気づかなかった。シアトルからブレマトンへ向かう船の中で二人に救命胴衣を着けさせるのはひと苦労だった。さんざん懇願したあげく、やっと着けさせることに成功したものの、今度は逆に子供たちからドミナイ自身も着けるよう言われた。結局ピーターの父親そっくりの説得口調に負け、彼女も着けるはめになった。

ドミナイは子供たちを見守っていたが、しばらくすると冷たい空気を求めてデッキに出た。フェリーは霧の海にひとりぽつんと浮かんでいるように見えた。進んでいるのかどうかさえわからない。砕ける波頭の白さが、来るときより際立って見える。ドミナイは縦に横に揺れるデッキに足を踏ん張っていた。

ブイの音が聞こえる。港が近いのだろうか。ドミナイの頭にホテルのベッドが浮かんだ。やはりジャロッドの忠告を聞いていればよかった。車を運転できるだろうか。そんなことを考えていると霧笛が短く、耳をつんざくばかりに鳴り響いた。続いて今度は長く鳴り、それからサイレンが悲鳴をあげた。

言い知れぬ恐怖が体を貫いた。子供たちのいるラウンジの方を振り返ろうとした瞬間、霧の中からいきなり船の姿が現れた。その幽霊船のような不吉な影は、フェリーの艫《とも》めがけてまっすぐ迫ってくる。

スローモーションフィルムを見ているようだった。ぶつかった瞬間フェリーは揺れ、持ち上がり、それから落下した。ドミナイの体はものすごい勢いではじき飛ばされ、手すりを越えて渦巻く海に真っ逆様に落ちていった。

悲鳴はごぼごぼと水を飲む音に変わり、あっと言う間に海水が頭の上におおいかぶさってきた。左腕に鋭い痛みが走る。子供たちの姿が脳裏をよぎった瞬間、目の前が真っ暗になった。

ドミナイはサイレンの音で目が覚めた。なんとか目を開けると、顔に酸素マスク、右腕に点滴の針……救急車の中だ。包帯を巻かれた左腕がずきずきする。痛み、海の中……そうだ！

「マイケル、ピーター！」ドミナイは金切り声をあげ、血圧計の腕帯を巻いている救急隊員の腕をつかんだ。「あの子たちを探さなきゃ！」

ドミナイは起き上がろうとして、隊員に押しとどめられた。「落ち着いて、できるだけのことはしているから。あなたのお子さん？」

「いいえ」ドミナイはうめくように言い、頭を激しく振った。「マイケルはまだ五つなの。どうなったか教えて」

「病院に着いたらすぐ調べます。とにかく……」

「やめて！　ドクター・ウルフは奥さんを亡くしているのに、そのうえ子供にまで何かあったら、わたし……」

隊員は彼女のぶるぶる震える肩に手を置いて落ち着かせようとした。「ドクター・ジャロッド・ウルフ、ですか？」

「ええ！」ドミナイはまた起き上がろうともがいた。「どうなの、生きているの？」

隊員が運転手に話し、運転手が無線でどこかに連絡をする声が聞こえた。

「病院と港湾警察に知らせました。負傷者は数箇所に分散して収容しているのですぐにはわかりません。でも、子供たちは真っ先に救助されているはずです。それに、今のところ死者は出ていない模様です」

「二人には救命胴衣を着けさせておいたわ」

「じゃあ心配いりませんよ。衝突時、乗客の大部分は船内にいて、デッキにいた人ほどは被害を受けていないということですから」

「子供たちを連れ出してはいけなかったんだわ」ドミナイはまたすすり泣き始めた。「お願いだからもう一度連絡を取ってみて」

「もう病院の入口ですよ」

数分とたたないうちにドミナイは病院のストレッチャーに移され、騒然とした救急病棟の廊下を通って小さい部屋の診察台に載せられた。

そこでもドミナイは訴えたが、医者はすぐ見つかると言ったきりさっさと手当てにかかった。悶々《もんもん》と過ごす一秒は一時間にも感じられた。

ドミナイは左腕の傷口を縫合されている間、何も感じなかった。ときおり激しく咳きこみながら、目を閉じてひたすら祈った。

応急手当てが終わると、医者は細菌検査のために検体を採取して出ていった。静まり返った室内には白いカーテンがかかっているだけだった。見上げる天井が涙にぼやけていく。いつまでこうしていなければならないのだろう。

カーテンの向こうでドアの開く音がした。ドミナイは傷ついていない腕を支えにして起き上がろうともがいた。「お願い、教えて、子供たちは無事なの?」

カーテンがさっと開き、背の高い白衣の男性が入ってきた。先ほどの医者だろうか。顔を上げて見慣れた青い目を見たとたん、ドミナイは悲痛な表情になった。

6

ドミナイは必死でジャロッドの表情を探った。

「あの子たちは……」

「無事だよ、ドミナイ」ジャロッドは静かに言ったが、顔は青ざめ、深いしわが刻まれていた。

「遠慮しないで、本当のことを言って!」ドミナイは頭を左右に振った。「わたしがいけないの……なぜわたしが死ななかったのかしら?」

ジャロッドはドミナイの顔を両手にはさんで仰向かせた。「聞こえなかったのか? 無事だ。今ごろ家でミセス・モーンと食事をしているよ」

「まさか。本当?」ドミナイの目から涙がとめどなくあふれ出し、頬を伝いジャロッドの手を伝って流れ落ちた。

「港長を呼ぼうか？　彼がラウンジのピアノの上にいる二人を見つけたんだ。足も濡《ぬ》れていなかったらしい」

ドミナイは喉をひくと鳴らした。「ピアノ？」そう言えば、ラウンジの一角に古いベビーグランドピアノがあった。

ドミナイが思い出したのを見て取ると、ジャロッドはにやりとした。「あの子たちには言い聞かせてあるんだ。いつも高いところを目指せ、とね」

嘘《うそ》をついているのなら冗談など言えるはずがない。ジャロッドの明るい表情を見ると、ドミナイの全身から力が抜けた。「本当なのね」

「本当だ」ジャロッドは顔を近づけ、彼女の口に軽くキスした。彼の唇はやさしい感触を残してあっさり引きあげた。「さて、今度は子供たちに、君が五体満足だということを納得させなければならない。

そのためには君の治療が先決だ」ジャロッドは手を伸ばし、ドミナイの額にかかるほつれ毛をかき上げた。「胸部X線撮影がすんだら個室に移そう。とりあえずは咳《せき》止め薬だな」

ドミナイはジャロッドの手を押さえた。「病院にはいたくないわ。言いつけどおりにするから、ホテルに戻れないかしら？」

するとジャロッドはまた険しい顔に戻った。「今、必要なのは安静だ。肺炎を起こしている可能性もあるし」彼は表情を和らげ、ドミナイの頬から顎を指の背でなぞった。「まあ、それほど心配することはない。ただ君に何かあってほしくないんだ」

ドミナイはほっとした。だが同時に新たな痛みに苦しまなければならなかった。X線では見つからない、ペニシリンでは治せない痛みに。

「心配してはいないわ。でも父が心臓発作で入院していたときのことが忘れられないの」

ジャロッドは眉をひそめた。「亡くなったのはいつ？」

「去年の八月」

「そんなに最近のことだったのか」ジャロッドはつぶやいた。「忘れられるわけがないな」

ドミナイは肩をすくめた。するとジャロッドがかすれた声で言った。

「なるほどね。それで君はますます仕事に打ちこむようになったんだ」

「そんな、わたしはただ責任上……」ドミナイははっとした。ホテルをチェックアウトしてからスタジオになんの連絡もしていない！

「検査の結果を見てくる」出口に向かって歩き出すジャロッドを、ドミナイはあわてて呼び止めた。彼ば心配そうな顔で戻ってきた。「どうした？　どこか苦しいのか？」

「あの、カーターに電話していただけないかしら？」

とたんにジャロッドの顔色が変わった。「フィリップスに来てほしいのか？」

言ってはいけないことを言ってしまったようだ。

「いいえ」ドミナイはやっと言った。「でも知らせておかなければ。戻ったら、ツアーのスケジュールを練り直すことになっているから」

しかしジャロッドの険しい表情は変わらない。

「肺炎なら回復に数カ月はかかる。ツアーなんかもってのほかだ！」

ドミナイは頭を起こした。「カーターにはそんなこと言わないで。一週間ぐらいあれば家に戻れると……」

「だめだ、あの男もそろそろわかっていいはずだ。君は仕事を広げすぎている。その結果がこれじゃないか！」ジャロッドのすさまじい形相にドミナイは震え上がった。「君は普通なら一週間かかることを一日でやろうとしているんだ。やれテレビだ、ライブだ、レコーディングだ、コンテストだと……。ドミナイ・ローリングに、一人の女に立ち返る暇はあるのか?」

ドミナイはぽかんとした。この人は、わたしをそんなふうに見ていたのだろうか。仕事一本やりの女だと。「わたしはあの子たちに会いに来たわ、ほかのことは何も考えずに」

「たった一日だけ、だろう?」ジャロッドは口をゆがめた。「さっさと用をすませて、フィリップスのところに戻るつもりだったんだろう」

いいかげんにして。ドミナイは目を閉じた。

「そんなつもりじゃなかったわ」

ジャロッドは髪をかき上げた。「それでは答えにならんな。わかってるよ、君はここを離れたくてしかたないんだ。君はぼくの忠告を無視してホテルを引き払った。熱は下がったと嘘をついた」

「それはあの子たちをがっかりさせたくなかったからだわ。それに、抗生物質をもらったからだいじょうぶだと思ったし」

それは本当のことだった。でもそれ以上本当のことを言えるだろうか。愛している、あなたのそばにずっといたい、なんて。ドミナイには口が裂けても言えなかった。

「じゃ、レンタカーは?」ジャロッドは押し殺した声で言った。

ドミナイはあっけにとられた。なぜそんなことまで知っているのだろう。

「ドクター・ウルフ? X線撮影の用意ができました」若い、亜麻色の髪の、助手らしい男がカーテンのすきまから顔をのぞかせた。

ジャロッドは振り返ってうなずいた。「マシューに、結果はすぐ知らせるように言ってくれ」

「わかりました」

四十八時間の間、ドミナイは治療を受けながら眠っては覚め、覚めてはまた眠った。ジャロッドは夜となく昼となく経過を見にやってきた。だがいつもひと言二言言葉を交わすだけでさっと引きあげてしまう。なぜ、とたずねると、とにかく休むこと、よけいな刺激を受けて興奮しないこと、それが第一だ、と彼は答えた。

彼の言うとおりだ。ドミナイはうつらうつらしながら考えた。根をつめて働きすぎたかもしれない。責任感の強いところは父親ゆずりだと、よく人に言われたものだ。今、思い返してみると、両親がくつろいでいるのを見たことがなかった。常に何かをしていないと気がすまないたちだったのだ。

わたしはそれほど極端じゃないわ。ドミナイは目を閉じたままつぶやいた。でも、休みらしい休みを最後に取ったのはいつのことだったかしら。ひとりで旅行するのは気が進まなかったし。体がよくなったら、休暇を取ってどこか暖かい海辺で思いきりのんびりするのも悪くないかもしれない。

ドミナイは、毎年冬になると同僚で友人のヘレン・アンデリンから誘いを受けているのを思い出した。アンデリン夫妻は冬をハワイのマウイ島で過ごすことにしているのだ。だが夫婦への遠慮からいつも断っていた。

今まぶたを閉じていると、島でバカンスを過ごす自分の姿が目に浮かぶ。心ゆくまで泳いで陽光を浴びて、読書する自分の姿が。期限もない、よけいな心配もない。そうしていれば、いつかジャロッド・ウルフのことを思い描くこともなくなるかもしれない。

翌朝、目覚めると病室は花で埋まっていた。一つ一つにカードがついている。会社の仲間からだった。ジャロッドがカーターに電話してくれたのだ。読んでいるうちにドミナイの目は涙でくもった。

〈ぼくのかわい子ちゃん……〉アレンの口癖だ。〈……例の狼《ウルフ》野郎が君のかわいい頭にちょっとでもかみついたら、必ず八つ裂きにしてやるからな〉

わかっていないのね、ジャロッドのことが。ドミナイは笑いながら頭を振った。

カーターが送ってくれたのは白のカーネーションだった。誰にでもそうするように。〈必要なだけ休みなさい。元気になったら迎えに行くよ。カーター〉

昼ごろ、ジャロッドが来ているところに、ライル・ホブスンから長距離電話がかかってきた。会社に電話して事件を知ったらしい。ジャロッドの何か話したそうな顔を見て、ドミナイは早々に電話を切った。用件は冬のシーズンのオラトリオ・ソサエテイへの出演交渉だった。いずれにしても今の状態では先のめどが立たないので、どうでもよかった。

ドミナイは、ライルが自分に好意以上の気持を抱いていることは知っていた。彼女も好意は持っていたが、それ以上深入りする気はなかった。何かが欠けているような気がしていたのだ。それが欠けているために、ドミナイ自身これまで結婚できなかったのだ。そうとわかったのは、ジャロッド・ウルフに会ってからだった。

受話器を置いて振り返ると、ジャロッドはいたずらっぽい笑みを浮かべた。何かしら？　ドミナイがけげんそうな顔をすると、真っ赤なつぼみがたくさんついた薔薇《ばら》の木の鉢植えをさっと差し出した。いくつかはもう開いている。おとぎばなしの絵本から抜け出したかと思うほどの鮮やかな美しさだ。ドミナイはカードに手を伸ばした。〈本当の王女様へ。愛をこめて、ピーターとマイケルより〉

ドミナイは嗅覚《きゆうかく》が戻っていないのも忘れて薔薇に鼻を押しつけた。かわいらしい薔薇、すてきな薔薇。子供たちの気持がうれしかった。でも手配したのは、こんなに美しい贈り物を選んだのは、ジャロッドに違いない。

「ぼくからも贈り物がある」ジャロッドの低い声が響いた。ドミナイは枕《まくら》に頭を戻し、彼の顔を見上げた。

「もう十分尽くしてくださったわ」ジャロッドはコーヒーブラウンのタートルネックのセーターに濃いブラウンのズボンという、すっきりした服装をしていた。ここで白衣を着ていない彼を見るのは初めてだ。「すてきな薔薇ね」

ジャロッドは窓際に行き、テーブルの上の花を動かして薔薇を置くスペースを作った。「ピーターとマイケルのほかにも、君にあこがれる人がたくさんいるんだな」

「でも大事なのはあの子たちよ」ドミナイはあわてて言った。また皮肉を聞かされるのはたくさんだ。

「さっきの電話、ピーターやマイケルからじゃなくてがっかりしたわ。電話をしないように言ってあるんでしょう?」

ジャロッドはベッドのわきに戻り、カルテに目を通した。「検査結果がわかるまではそのほうがいいと思った」

ドミナイは緊張した。「それで?」

「これがぼくからのプレゼントだ」ジャロッドはカルテから顔を上げ、ドミナイを見た。「全部陰性――つまり肺炎じゃない」

「まあ!」ドミナイは目を輝かせた。「よかった。あなたのおかげだわ」

ジャロッドはほほ笑み、それから真顔になった。「プレゼントはまだあるんだ。少ししたら看護師が君の着替えを手伝いに来る。ぼくの家に連れて帰るからね」

「なんですって?」

「陰性とは言っても、肺炎については、だ。気管支炎の治療には二、三週間完全看護が必要だ。ほかに病気を併発しなければどんどんよくなる。ただし、ぼくの指示をよく聞いてよく休めばね」ジャロッドはさらに言葉を続けた。「病院を嫌う気持はわかった。だとしたらぼくの家で治療するのがいちばんいい。ぼくの目は届くし、面倒を見てくれる人がいる。ミセス・モーンはうちに来るまで看護師をしていたんだ。必ずよくなる」

ドミナイは目をそらした。ジャロッドの家に行く――それはまさしく夢だったはずだ。しかしドミナイは、いずれよくなって出ていく日の悲しみを思った。きっと身を引き裂かれるような思いをするに違いない。とても耐えられそうもなかった。今はジャロッドの話に飛びつきたくても。

「気に入らない？」

ドミナイは視線を戻した。がっかりさせたかしら。ドミナイは、自分が心のどこかでそうであることを望んでいるような気がした。「びっくりしたの。あなたの生活を壊すことになるわ」

ジャロッドは顎をさすった。「ピーターが償いのために、来てほしいと思っているとしたら？」

「でも、もう謝ってもらったわ」ドミナイには合点がいかなかった。

「ベインブリッジ行きの話を、スロットマシンで遊びたいばかりに持ち出したことで、責任を感じているんだ」

かわいそうなピーター。なぜそれぐらいのことで？「わからないわ、それとどんな関係があるの？　わたしだってあれで遊んだわ」

「今のあの子のようすを見ればわかるよ。君が入院したのは自分の責任だと思っている」

「そんなのばかげているわ。もしあの子たちに何かあったら、わたしのほうこそ責められるべきだったのよ」

ジャロッドは厳しい表情になった。「セーリングではもっと悪い状況も経験するんだ、しょっちゅうね。霧が出ていたからといって君の責任じゃない、衝突の予測なんて誰にもできるわけがない。そんなことより、熱があるのにあの冷たい海に浸かって無事だったことを感謝するんだね。まったく、救命胴衣がなければどうなっていたか」

「ピーターのおかげだわ」

「なんだって？」ジャロッドの目が光った。

「あの子たちに救命胴衣を着けさせようとしたら、ピーターがわたしも着けろと言い張ったのよ。あのときのピーター、あなたそっくりだったわ」ドミナイは笑った。

だがジャロッドはうつむいて両のこぶしを固めていた。「まだ四人が行方不明なんだ。みんなが……」

ドミナイは頭を垂れた。「わたしはあの子たちのことしか考えてなかったわ」目を閉じると、岸から二キロと離れていないところで、自分の家の目と鼻の先で沈んでいく人たちの姿が浮かんでくる。ドミナイはつぶやいた。「コンテストの事件のすぐあとにこれですもの、ピーターには荷が重すぎるわ」

「君が来ればみんなよくなるさ、誰もがね」

二人の目が合った。「そうね、ピーターのためになるというのなら。本当にいいのね？　すてきな子供たちと、ブレマトン一の医者に囲まれて過ごすなんて最高だわ」ドミナイはいたずらっぽく笑った。「ただ、看護師の間でうわさになるわよ。覚悟してね」

ジャロッドはくるりと目を回した。「もちろん。だからできるだけ早くここから連れ出したいんだ。子供たちが待っているよ。約束したんだ、学校から戻るまでには必ず君を連れてくるとね」

わたしを待っていてくれる人たちがいる――そう思うとドミナイは目頭が熱くなった。「ジャロッド、あなたの好意に甘えるばかりで、わたしには何もできないのね」

ジャロッドはドミナイの目をしばらくのぞきこんでいた。患者の話を聞いているとき、なぜか医者はそうした表情をする。

「それも悪くないさ。ときには息を抜くほうが精神衛生上も、体の健康上もいい。休養をとること、責任から解放されること、おいしい食事をとること、新鮮な海の空気を吸うこと――これが医者としてのぼくの処方だ」

ドミナイは照れ隠しに笑った。「わたしを王女並みにもてなしたら、いざ退位させようとしても居座るかもしれないわよ」

「子供たちは退位させるつもりはないだろうな」

ドミナイは点滴装置を見つめるふりをした。すなおに行くと言えばいいのに、舌がすなおに動いてくれない。彼女はまた同じ話を持ち出した。「あなたの家にいたらうわさにならない？」

「そう願いたいものだな」ジャロッドは辛抱強く笑顔で答えた。「美女が住みついているといううわさならうんと広まってほしいね。せめて院内だけでも」

魅力的な笑顔だった。ドミナイはそちらに気を取られ、ジャロッドのユーモアに気づく余裕がなかった。「あなたの名声に傷がつくわ」

「それどころか、好奇心のかたまりがどっと押しかけて大繁盛だ」

「冗談言わないで。今でも患者を断っているくらいなんでしょう？」

「ぼくのイメージもよくなるだろうね」ジャロッドは相変わらず上機嫌だった。「みんないろいろ考えるだろう。〝あの人、最近明るくなったわね〟〝いい人ができたらしいよ〟口さがないおしゃべり雀《すずめ》たちはうれしくて羽をばたばたさせるに違いない。君の正体は誰も知らないんだ、最高じゃないか。〝ドクター・ウルフは謎《なぞ》の美女をかくまっている〟狼《ウルフ》のねぐらに王女様がひそんでいるなんて、思いもしないだろうな……」

ドミナイはジャロッドの冗談についていけなかった。そこで、これからしなければならないことに注意を向けようとした。「トラベラーズチェックがバッグに入っているんだけど、バッグは無事かしら？あれば、入院費はそれで払えると思うの」

ジャロッドは戸口に向かいながら答えた。「バッグは無事だ。着替えている間、ぼくは花を運んでくれる人を探そう」

「置いていくわ。ほかの患者さんたちにあげて。わたしは薔薇の木があれば十分」

ジャロッドは立ち止まった。「本当に？」

「ええ、大事にするわ。夏までもったらタコマの家の花壇に植えるつもりよ」

「君の実家なのか？」

「ええ。父の死後、事情があって売ろうとしたんだけど、カーターに止められたの。売らなくてよかった、思い出がいっぱいあるもの。今も暇があれば行くようにしているわ」

「じゃ、この間の月曜日、君はタコマから戻ってきたのか」

「ええ」

「すぐ戻る」ジャロッドはドアを開けた。「悪いけれど何か着るものをと思って、今朝、君の旅行バッグを開けてみた。事故のとき着ていた服はぼろぼろだからね」

ドミナイはぼそぼそと礼を言った。ジャロッドの手が自分の持ち物に触れたと思うと、息がつまりそうだった。

「女性の旅行にしてはずいぶん持ち物が少ないね」

「ええ」ドミナイは深く息を吸って気持を落ち着か

せた。「わたしはストーリー・プリンセスですもの、ほかの衣装はいらないわ」

　ジャロッドは思いきり口を開けて笑った。「世の中にこんな女性がいるとはね。おもしろい人だ。でもその衣装は見当たらなかったよ」

「ビルがシアトルに持ち帰ってくれたから」

　そう聞いたとたん、ジャロッドは笑っている口を閉じた。「それも君の崇拝者か？」

「会社の保安係よ。何倍も年上のおじいさんだわ」

「そういうのが隅に置けないんだ」皮肉を言ってジャロッドは出ていった。本当にあの人の世話になっていいものだろうか。ドミナイの心はまた揺れた。だが考える暇もなく、看護師がドミナイのネグリジエとキルトのガウンをかかえて入ってきた。

　あの人にはわかっていないのかしら。ドミナイは着替えを手伝ってもらいながら考えた。冷静に見れば、わたしの気持がわかるはずなのに。しかしドミナイは気づかれるのを恐れていた。わたしが愛していると知ったら、あの人はぞっとするか、それとも哀れむだろう。どちらもドミナイには耐えられないことだった。


「五分もすれば家だ」ジャロッドが車のギアを入れながら言った。彼と共に暮らす〝家〟のことを考えると、ドミナイの胸のうずきが激しくなった。

　外は霧に包まれていた。ジャロッドは黙々と運転した。ドミナイは彼と二人きりでいるというだけで十分だった。車は町の中心部を抜け、海岸沿いのハイウエーを北上した。やがて車は家に通じる私道に入った。あたりに家らしい家は見えない。たずねると、ジャロッドは、プライバシーを守るために周囲数エーカーの土地を買収したのだと言った。

　石楠花《しゃくなげ》の植えこみの続く、ゆるやかにカーブする庭内路を車は進み、やがて鬱蒼《うっそう》と茂る草木の向こうに、三階建ての建物が姿を現した。鳩《はと》の羽毛のような温かみのある灰色の外壁。強い風と厳しい自然に耐え得る構造。伝統のぬくもりを保ちながらモダンなシンプルさを巧みに取り入れた造りは、いかにもジャロッドにふさわしい。

ほどなく車は玄関に着いた。

「ミセス・モーンが学校へ子供たちを迎えに行っているところだ。今のうちに落ち着こう」

ジャロッドはドミナイを車から降ろし、薔薇の木の鉢植えや荷物といっしょに抱き上げた。彼の体のぬくもりが冷たい外気の中で心地よい。だがすぐ目の前の唇を見ると、ドミナイは落ち着きを失った。

「歩けるわ」

「どうかな」

そのとき風が、海峡から丘の斜面を一気に駆け上がってごうと吹き抜けた。そして長くうめくような霧笛の音がした。ドミナイは縮み上がった。

「気にするんじゃない、もうだいじょうぶだ」

ドミナイをしっかりと抱き寄せ、ジャロッドは足下の氷を踏みしめて歩き出した。

玄関のドアも窓も、縁を白い塗料で塗られ、清潔な雰囲気を作っている。ジャロッドに抱かれて通り過ぎながら、ドミナイはそれらを目で追った。

「すてきだわ」

「アマンダが亡くなったあと建てたんだ。気分を変えたかったのでね」

気の毒に。ドミナイは胸が痛んだ。その反面、ジャロッドの愛した女性の影がここには残っていないと思うとほっとした。

ジャロッドはドミナイをかかえたまま廊下を抜け、一段低くなった居間に入った。どっしりした石造りの暖炉、その前に置かれた青と灰色のラブチェア二脚とカウチ一脚、暖炉の炎の照り返しを受けてほんのりと橙《だいだい》色に輝く真珠色の壁。そのすっきりしたレイアウト、そしておだやかな静けさにドミナイは打たれた。

奥に目を移した彼女の口から、小さな叫び声があがった。一枚ガラスの窓いっぱいに広がっているのは、ただ空と海ばかりだ。ジャロッドは窓際までドミナイを抱いていった。眼下に広大な入江が見える。鷲《わし》は断崖《だんがい》に巣をかけるが、高い丘の上にあるこの部屋は、ちょうどそんな感じだ。空と海の間にかかった鷲の巣。

ジャロッドの口元に笑みが浮かんだ。「ここに立つと、マイケルはおなかが足まで落ちるそうだ」

ドミナイはひやりとしてジャロッドの首に回した手に力をこめた。「マイケルの言うとおりだわ、これほど壮大な眺めは見たことないもの」

「階上《うえ》からの眺めはもっとすごいよ」かすれた声に、ドミナイは背すじがぞくっとした。

ジャロッドはドミナイをかかえたまま居間の隅の螺旋《らせん》階段を上がり始めた。上がりきると、ホールの奥に広いロフトが見えた。だがジャロッドは続けてもう一つ階段を上っていく。階上はどうやらジャロッドの寝室らしい。

ドアを開けると、まず目についたのは海と空を切り取ったような全面ガラス張りの壁面だった。そして真鍮《しんちゅう》製のファイアスクリーン、その陰で暖炉の火が楽しそうにぱちぱちと音をたてている。暖炉の向かいの壁際にキングサイズのベッドが横たわっていた。ヘッドボードの上にある天井まで届く作りつけの棚に、本、テープ、医学雑誌などがぎっしりつまっている。

ジャロッドはガラスの壁の前に立ち止まって空を仰いだ。ガラスの中で端整な顔が空に重なって見える。ドミナイは思わず見とれた。無心に空を見つめる顔、静かな室内。ここがこの人の隠れ家、安息の場所なのだ。

やがてジャロッドはドミナイをベッドに運び、青灰色のシーツの上にそっと下ろした。そして薔薇の木をドレッサーの上に置いた。

「ジャロッド、あなたの部屋を使うわけにはいかないわ」しかし彼は黙ってドミナイのコートを脱がせ、横にならせて布団をかけた。サイドテーブルを見ると例の加湿器が置いてあり、ホテルを出るとき置いていった小切手とメモがテープで留めてあった。

ジャロッドは腰に手を当ててドミナイを見下ろした。

「いいんだよ。君はひとりでゆっくりできる場所が必要だし、ぼくはここに引っ越して以来、子供たちにいっしょにロフトで寝てくれとせがまれている。バスルームは隣に専用のがある。ミセス・モーンの部屋は玄関の廊下のわきだ。それに……」ジャロッドは声を落とした。「……毎日ここから外を眺めていれば、また海が好きになるだろう。そうなれば、さっきのように霧笛の音を聞いて震えることもなくなる」

ドミナイは目頭が熱くなるのを感じて顔をそむけた。「よくわかっているのね」

「セーリング中の事故で兄を亡くしているんだ」ジャロッドは静かに言った。「何カ月も、海を見るのも潮の匂《にお》いをかぐのもいやだった」

ドミナイは目を閉じた。知らなかったわ。最初に兄、そして妻の死。この親子の仲のよさはそこから来ていたのだ。

「疲れているようだな。眠りなさい。あとでようすを見に来て、起きていたら子供たちを呼ぶよ。加湿器をつけておこう。ガウンを脱ぐのを手伝おうか。縫った傷口が気になるだろう?」

ドミナイはまたジャロッドに触れられたら、冷静でいられそうになかった。「いいわ、このままで寝るから」

「何か欲しいものは? その氷水はミセス・モーン

か。

あの人の奥さんになったらどんな感じかしら、さよならを言わなくてすむようになったら？

ミス・ヘニーペニーですって？　ドミナイは羽枕に顔を埋《うず》めてくすくす笑った。わたしだったらもっとましな冗談を考えるわ……。霧笛が鳴り響いた。だがそれは、眠りの淵《ふち》までは届かなかった。

が置いておいてくれたんだ。バスルームはこちらだ」

ドミナイはやっと目を上げた。「まだうろうろしているのね、先生？」

ドミナイの弱々しい笑顔を見ると、ジャロッドは目をくるりと回した。

「これも訓練の一つさ。涙が消えてよかった。さあ、横になってリトル・ミス・ヘニーペニーのことでも考えなさい」

ドミナイは咳《せ》きこみながら笑った。「悪い先生ね、息が苦しくて死にそうだわ」

「さっさと疲れを癒《いや》すことだ。それには笑いが最良の薬だよ。じゃ、あとで」

ドミナイはうつぶせになり、長々と体を伸ばした。久しぶりにゆったりした気分だった。忘れていたわ、人に何もかもゆだねるのがこれほど気持よいものだったとは。こんなことは親が亡くなって以来だろう

7

押し殺したささやき、そして、しっという声がする。何かしら。ゆっくり寝返りを打つと、胸躍らせながらその動きを追う六つの青い目があった。ドミナイはにっこり笑った。「ゴルディロックスになったみたい」ドミナイは子供たちに手を差し出した。「いらっしゃい」

するとピーターとマイケルはベッドの両側からドミナイにかじりついた。

「ベッドも違う、髪の色も違う、でもまあいいか」ジャロッドはベッドの支柱に寄りかかり、腕を組んでいる。楽しそうにくつろぐ彼の姿を見るのは初めてのことだ。若やいでさえ見える。アマンダと暮らしていたころのジャロッドはこんな感じだったのかしら。妻の金髪に手を差し入れ、唇を押しつける彼――ふとそんな像が頭をかすめ、ドミナイは気持が沈んだ。

「悲しいの、ミス・ローリング？　ぼくたちのせい？」マイケルがドミナイの膝の上で心配そうに顔をのぞきこんだ。

「いえ……ガウンのピンが刺さっただけ。あなたたちのせいじゃないわ。でも、あなたたちにお願いしたいことがあるんだけれど」

「なあに？」ピーターとマイケルは口を揃《そろ》えて叫ぶ。「ドミナイと呼んでくれないかしら？」

二人は顔を見合わせ、それから父親を振り仰いだ。マイケルが口を切った。「いいの？」

「いいよ」ジャロッドはほほ笑んでうなずいた。

マイケルはドミナイを見てにっこりした。「今夜は具合が悪いからお話は読めないって、パパが言ってたけど」

ドミナイはマイケルを引き寄せた。「そうよ。今はチューバみたいな声だもの」すると子供たちは笑い転げた。「でもいい考えがあるわ」子供たちはぴたりと笑うのをやめた。「あなたたちのお父さんはいいステレオを持っているわね。チルドレンズ・プレイハウスのレコードを持ってきてくれたらそれをかけて、わたしはお話ししているまねをするわ。実はね……」ドミナイはマイケルの髪をなでた。

「……わたし、もう何年もレコードで自分の声を聞いたことがないの」

「どうして?」子供たちは目を大きく見開いた。

「忙しいからだよ」例の嘲《あざけ》るような、非難するような声だった。マイケルはそんな父親の声に頓着《とんちゃく》しないでドミナイの膝をすべり下りた。

「ぼく、『ジンジャーブレッドマン』を取ってくる。大好きなんだ」ドアを開けて飛び出したとたん、ドミナイの夕食を運んできたミセス・モーンに、あやうくぶつかりそうになった。

「気をつけなさい、マイケル」ジャロッドはミセス・モーンの手からトレイを受け取り、ドミナイの膝に置いた。

「まあ、おいしそう。病院を出たとたん、すごくおなかがすき出したの」

「最初の晩は軽いものがいいと思いましたの」ミセス・モーンはにっこり笑い、階段を下りかけて振り返った。「何かほかにご入り用のものはございません?」

つやのある赤毛をシニヨンにまとめたミセス・モーンは目鼻立ちの整った女性で、押し出しも立派だ。そして何よりも陽気で、子供たちの信望を一身に集めている。ジャロッドは彼女を司令官と呼んでいた。もちろんそうした振る舞いを見せるのはここの家族に対してだけで、今のドミナイにとっては天使だった。

ドミナイは浸水時の船内の模様を子供たちに話してもらいながら、オムレツとトーストを二枚たいらげた。ジャロッドは病院から呼び出しを受けて出かけていった。それでドミナイはやっとリラックスできるようになった。じっと見つめられているのは肩が凝るものだ。砂糖のたっぷり入った紅茶で喉をうるおすと、事故以来初めて人心地がついたような気がした。

食事が終わると、ピーターがベッドの上に数学の宿題を持ちこみ、猛烈な勢いで解き始めた。宿題はドミナイの助けでじきに片づいた。いよいよお話の時間だ。ピーターとマイケルはレコードをプレーヤーにかけ、飛んできてキルトの布団にもぐりこんだ。レコードの中でドミナイは高いドの音を見事に出している。彼女は小首をかしげて聞き入った。またこんな声が出るかしら。

何枚レコードをかけ替えただろうか、いつのまにか子供たちはすこやかな寝息をたてていた。マイケルはドミナイの肩に頭を押しつけ、ピーターは足下に大の字になって。ミセス・モーンが上がってきた。ドミナイは唇に人差し指を押し当てた。「もう少しこのままにしておきましょう」

「ええ、今動かすのはかわいそうですわ」ミセス・モーンは小声で言って明かりを消し、ドミナイのトレイを取り上げた。「あとでドクター・ウルフがどうにかなさるでしょう。おやすみなさい、ミス・ローリング」

ミセス・モーンは下りていき、やがてドミナイも眠気を催した。どれほどたったか、子供の名を呼ぶ声に目を開けると、ジャロッドが立っていた。

「最初の晩からこうなるとはね。すまない、急患が入ったものだから。ミセス・モーンは？」ジャロッドはどこか元気がないように見えた。スポーツシャツ姿で、しかも半分開いたシャツの前からたくまし い胸と黒い胸毛がのぞいている。ドミナイはあわてて目をそらした。

「ミセス・モーンを怒らないで。わたしがそっとしておいてくれるように頼んだの。ずっとおとなしく寝ていたわ」

ジャロッドは黙って腰をかがめ、薪《まき》を一本暖炉にくべた。「ミセス・モーンも君にほれこんだようだな。でもこれはまずい」

ジャロッドはほっそりした手でだるそうに髪をかき上げた。気の毒に、疲れているのだ。ドミナイの頭に、父の背をもむ母の姿が浮かんだ。できるものなら、横にならせて背中をもんであげたい。

「でも、ピーターと話をしたかったのよ。何もかもひとりでしょいこむ必要はないんだってわかってくれたみたい。〝悪いのはわたし、あなたたちと遊びたくてお父さんの言いつけにそむいたんだから〟と言ったら、あの子は目を真ん丸にしたわ。わたしがあなたに叱《しか》られると思って、ちょっとうれしかったみたい」

「すると君たちは同じ穴のむじなというわけだ」

ドミナイはにやりとした。「そんなところね」

ジャロッドは暖炉から引き返し、ドミナイの熱と脈を診た。「夕食は残らず食べたようだね。いい兆候だ。ここに来て悪くなったんじゃしようがない」

彼はこれ以上この問題を話題にする気はないようだ。だがドミナイは食い下がった。

「わたしはピーターを励ますために連れてこられたんでしょう？　わたしの誤解かしら？」

ジャロッドは加湿器に蒸留水を流しこんだ。「いいや、誤解していたのはぼくのほうだ」

「どういうこと？」

そのときマイケルが何か寝言を言いながらドミナイにすり寄った。ジャロッドはそれをじっと見つめた。

「君はB級女優なんかじゃなかった。そういうところを見ると、まるでこの子たちの生みの親だ」

ドミナイはすねてマイケルから腕を離し、横を向いた。また皮肉を言われたような気がしたのだ。そのマイケルをジャロッドはロフトに運び、引き返してピーターを抱き上げた。

「おやすみ、ドミナイ。よく寝るんだよ」

ドミナイはじっと闇《やみ》を見つめた。あの人は相変わらず、わたしが子供に近づくのを嫌っている。なぜだろう。

わたしと子供の仲を嫉妬《しっと》しているのだろうか。けれど、ジャロッドと嫉妬という言葉ほど結びつかないものはないような気がする。心から子供を愛し、忙しい仕事の合間を縫って尽くしていることは確かだ。でも、奥さんに死なれたからといって子供を溺《でき》愛《あい》するような人には見えない。

そうでないとしたら……わたしが子供と仲よくしているのを見ると、アマンダの死が思い出されてつらいのだろうか。ベッドに横になっているのが金髪の王女ではなく、黒髪の魔女だから……。

翌朝、ドミナイはミセス・モーンが朝食を持って上がる音で目覚めた。すでにジャロッドは病院へ、子供たちは学校へ出かけ、階下はしんとしている。昼の間はラジオを聴きながらうつらうつらして過ごした。子供たちが顔を見せたのはやっと夜になってからだが、それも十分もすると、ミセス・モーンに追いたてられるように下りていった。

ジャロッドの指示なのだろう。やはり子供たちとわたしが仲よくなるのを嫌っているのだ。ドミナイはそう思うと悲しかった。

それから二週間、毎日が同じパターンの繰り返しだった。ジャロッドは日に一度病状のチェックに現れるだけで、抜糸のときを別にすれば声さえ聞かなかった。これでは病院にいるのと変わらない。救急治療室でのキスは夢だったのだろうか――ドミナイはそんな気さえしてきた。

ドミナイは暇を持て余し、ミセス・モーンに頼んで毛糸やフェルトを手に入れ、手芸を始めた。ジャロッドと子供たちのためにクリスマスの靴下を作り、セーターを編むことにしたのだ。けれど編み物や縫い物の手を休めては、ジャロッドのことばかり考えてしまう。ピーターとマイケルに愛されるジャロッド、ブレマトンの女性のあこがれの的、ジャロッド、今こうしている間にもわたしに黙ってデートをしているかもしれないジャロッド……。ドミナイにはそれが妄想かどうかもわからなかった。

カーターが何度か、回復の具合、そしてシアトルに戻れる日を電話で問い合わせてきた。もちろんドミナイとしては、ジャロッドがよくなったと言うまでは答えようがない。カーターは医者の言うことを守るようにと言って電話を切った。

〝言うことを守る〟――カーターのちょっとした言葉で、ドミナイは忘れかけていたジャロッドの言葉を思い出した。〝ドミナイ・ローリングに、一人の女に立ち返る暇はあるのか？〟言われてから二週間以上、その言葉が頭を離れなかった。一人の女として。一人の女としてどう生きるのか、何を求めているのか。求めているもの、結局それはジャロッドの愛でしかなかった。でも、それが得られなかったら？　とにかく仕事以外に満足できるものを見いだすことだ。そんなことを考えるのは生まれて初めてだった。なんの価値もないことでもいい、自分の好きなことに打ちこむのだ。治ったら長期休暇を取ろう。誰の目にもわずらわされずに自分の人生を見つめ直そう。

ウルフ家に来て三週目の木曜日の午後、ドミナイはシャワーを浴びてさっぱりした体に絹のローブをまとい、窓辺にたたずんで外を眺めていた。雲の切れ間から幾すじもの陽光が、サーチライトのように海に降り注いでいた。濃い緑の海には白墨で描《か》いた跡のように、フェリーが白い航跡を残し、ヨットの帆が点々と浮かんでいる。それらを見ても、もうドミナイは震えはしなかった。ジャロッドはたいした精神科医だ。

ドアをノックする音がした。ミセス・モーンだと思い、ドミナイは窓の外に目を向けたまま返事した。

「いい眺めだろう？」

ドミナイは本能的にローブの前をかき合わせた。顔がほてってってジャロッドの方を向くことができなかった。

「ええ。あの光、天地創造の日みたいね」

ジャロッドの息を近くに感じるとドミナイは胸がどきどきした。

「いつ見ても飽きないな」

「この時間に戻るなんて珍しいわね。何か悪いことでもあったの？」

「いや。これからシアトルに出かける。日曜日の夜まで戻らないから、君の具合を見に来たんだ」

なぜ日曜日の夜までかかるのだろう。ドミナイは不審に思った。「週末も診療があるの？」

「いや、週末はクリスマスの買い物だ、子供たちにないしょでね。留守の間、一階まではいいが外に出てはだめだよ、いいね」

理由はわかったものの、ドミナイはやはり寂しかった。「わたしだって早くよくなりたいもの、だいじょうぶよ」

するとジャロッドの顔がかすかに引きつった。

「こんな刺激のないところが退屈なのはわかる、でもじき……」

「退屈ですって？」振り向いたドミナイはするとジャロッドに二の腕をつかまれた。「こんなに楽しかったことはないわ」ローブの薄い生地を通して手のぬくもりが伝わってくる。ジャロッドはドミナイの口元をじっと見つめていた。「みんなよくしてくれるんですもの、わたし……」それ以上は喉がつまって言えなかった。すっとジャロッドの顔が近づいたと思うと、濡《ぬ》れたまぶたを唇がかすめた。

「賢い言い方だね」

ドミナイはむっとした。感謝しているのに、なぜそんなことを言われなければならないの？「ジャロッド、あなたは人をばかにすることしか知らないのね。わたしは正直に言っただけだわ」

ジャロッドの顔が険しくなった。「そんなつもりじゃない」ドミナイにはわけがわからなかった。何を怒っているのだろう。「君はわからないのか？ぼくがどれほど君を抱きしめたいか、どれほどキスしたいか……」

いきなりジャロッドに唇をふさがれ、ドミナイはわけもわからないまま、めくるめく快感の淵《ふち》に沈んでいった。髪をまさぐるジャロッドの手、ウエストに回された彼の手。胸がぴったり合わさり、自分と彼の鼓動を区別することはできない。ドミナイはぐったりとなってジャロッドにしがみついた。

ドミナイがかすかな声をあげると、ジャロッドの抱擁はいっそう激しくなった。彼の首に腕を回したドミナイの体からは、今まで胸に秘めていた思いのたけが一気にほとばしり出た。いつキスが終わり、次のキスが始まったのかわからない。愛のるつぼの中で時間は伸び、縮み、脈打った。ドミナイは肺の中の空気を吸い尽くされ、喉のかぐわしいくぼみにジャロッドの唇を感じてあえいだ。

「どうした、ドミナイ？」ジャロッドはドミナイのつややかな髪に鼻を押しつけてささやいた。

ドミナイは体をわななかせながら彼の肩に顔を埋《うず》めた。「これ以上キスを続けたら、うれしくて死んでしまいそう」

ジャロッドはドミナイの紅潮した顔を両手にはさみ、目をのぞきこんだ。彼の目は燃える石炭のように青く輝いていた。「やめてほしいか?」

ドミナイは黙ってジャロッドのてのひらにキスした。するとジャロッドは待っていたようにまた唇を重ねた。彼はまるですべてを焼き尽くそうとしているかのようだ。甘美で激しい快感がドミナイの体を、心を貫く。それは彼女が味わったことのない快感だった。ドミナイは全身全霊でジャロッドを愛していた。彼はドミナイの生のすべてだった。どれほど長いキスでも、どれほど深いキスでも足りない。

「わあ、パパが帰ってる!」階下でマイケルのうれしそうな声がする。ドミナイは我に返り、唇を離そうとした。だがジャロッドは不満そうにうめいてドミナイの体を離そうとはしなかった。ぱたぱたと足音が近づいてくる。ドミナイは必死の力でジャロッドの胸を押し、唇を離した。そのとき、マイケルが入ってきた。「パパ! 何してるの?」マイケルはきょとんとした顔をして立っていた。ジャロッドの腕の力がゆるむと、ドミナイはバスルームに駆けこんだ。

「ドミナイにキスしていたんだよ、マイケル」

二人の会話がバスルームまで聞こえてくる。ドミナイは洗面台に手をつき、動悸《どうき》が治まるのを待った。

〝君はわからないのか? ぼくがどれほど君を抱きしめたいか、どれほどキスしたいか……〟あの言葉がなんと自然に聞こえたことか。子供たちが上がってこなければどうなっていたかしら。

鏡をのぞきこむと、こちらを見ているのは、髪は乱れ、喉も頬もピンクに染まり、唇はキスではれ上がった、まるで見たこともない女の顔だった。

ウールのパンツとブラウスを着ている間に声が聞こえなくなった。バスルームを出ると、ジャロッドの姿はなく、代わりに子供たちが神妙な顔をして立っていた。

「パパは行っちゃったけど、ちょっと話していい？」

「いいわ。座りましょう、ここにいらっしゃい」ドミナイはベッドに腰を下ろしてわきをぽんとたたいた。マイケルはすぐ彼女の胸に飛びこんできた。だが、ピーターは思うことがあるときに父親がするように腰に手を当てて立っていた。

「パパにお別れのキスをしていたの？」マイケルが真剣な表情でたずねた。

まさか。ドミナイは不安になった。「パパがそう言ったの？」

「パパは、子供には関係ないって。でもぼくたち、ドミナイが行っちゃうんじゃないかと思っているんだ」ピーターが重々しく言った。

「まあ……」ドミナイは声をつまらせた。「あなたたちのお父さんが治ったと言うまでは、どこにも行かないわ」

「じゃ、ずっとよくなってほしくないや」マイケルが叫んでドミナイの肩に頭を押しつけた。

「パパが好きだからキスしたの？」ピーターがまた重々しい声で言う。ドミナイは不意を突かれた格好になった。

「わたしはみんな好きよ」ドミナイはベッドを下り、二人の手を取った。「お父さんがいない間にクリスマスのプランを立てましょう。あと十二日よ」

マイケルはあっさり気をそらされたが、ピーターは父親に似て強情だった。

「クリスマスにもここにいるの？」

ドミナイはにっこりした。「どこにも行きたくないわ」するとピーターはやっと安心したようだった。

「階下にクリスマスツリーがなかったわね。もうクリスマスのプランは立てたの？」

マイケルは肩をすくめた。「パパが言ってたよ、忙しいけれど、シアトルから戻ったら買いに行くって」

「じゃあね……」ドミナイはおおげさに目を回してみせた。「……いい考えがあるわ。ツリーは電話で注文しましょう、わたしは外に出られないから。あなたたちのお父さんが帰ってくるまでに飾りつけをしてしまいましょうよ。居間に入って最初に目につくところに置いて」

「やったあ!」マイケルが例の口癖で叫んだ。「大きな窓の真ん前に置こうよ」

「ぼく、ランプなんかの置き場所を知ってるよ」ピーターもやっと子供らしい元気を取り戻した。

「いいわ。ツリーの飾りつけが終わったら、クリスマスのお菓子を作るの。それからあなたたちのお父さんとミセス・モーンへのクリスマスプレゼントを何にするか相談しましょう。しょうが入りクッキー《ジンジャーブレッド》の作り方も覚えていると思うわ。アイシングで名前を書いて、お友達にも配ってあげましょうよ」二人はわっと歓声をあげた。

子供たちはぺちゃくちゃおしゃべりをしながらドミナイといっしょに階下に下りた。

ミセス・モーンはキッチンで夕食の支度をしていた。子供たちが口々に計画を話すと、ミセス・モーンはにっこりほほ笑んだ。「ツリーはどこに電話すればいいか知っているわ。綿がついたのにする?」

「違うよ」ピーターが声を張り上げた。「パパは本物がいいって言ってる」

「うんと背の高いのだよ」マイケルがつけ加えた。

ドミナイはミセス・モーンに耳打ちした。「電話をかけてくだされば、飾りはわたしが取り出すわ。この子たちが手伝ってくれるでしょう」

ミセス・モーンはうなずいた。「飾りはガレージの西側の棚の箱に入っています。それほどたくさんはないと思いますけれど、お好きなように使ってくださいな」

「ありがとう。クリスマスの支度なんて本当に久しぶり。子供がいるところも違うものなのね」

「本当に」ミセス・モーンはくすくす笑った。

「すぐ電話しようよ！」子供たちはじれったそうに叫んだ。「今夜、持ってきてくれるかもしれないでしょう？」

「今夜、持ってきても飾りつけは明日の夜よ。明日も学校があるでしょう？　さあ、電話をかけるからその間に手を洗って、食事にしましょう」

子供たちはわっと歓声をあげて洗面所に走った。

しかしテーブルにつくと、ツリーが翌朝にならないと来ないのを知ってがっくりうなだれた。ドミナイは、あとで飾りの箱を開けて、どれが使えるか見てみましょう、と言って慰めた。

三つの箱に白色ランプ、赤いボール、玄関にかけるリース、そしてキリスト降誕場面の人形セットが入っていた。ひととおりは揃っている。でもこれだけでは寂しい。あと何色か色つきのランプ、それにスカンジナビア製の木の飾りがあるともっと華やかになるんだけど。それから……ドミナイの頭には次々とアイデアが浮かんだ。

ドミナイがお話をしてあげると言うと、子供たちは喜び勇んで部屋に駆け上がった。お話を三つすると、やっと子供たちは寝た。ドミナイは抜き足差し足で寝室に上がり、ベッドに入った。だが午後の興奮の余韻で目がさえて眠れない。何度か寝返りを打ったあげく起き上がり、ふらりと窓辺に行った。

〝じゃ、ずっとよくなってほしくないや〟いつまでもここにいるわ！　そう声に出して叫びたい気持だった。だが、午後のことは一時の気まぐれではない、とジャロッドが言ってくれるのを待つしかないのだ。

でもあの人は、愛してもいない女性を抱ける人ではない。わたしを求めてくれたことはうれしいが、欲しいのはあの人の愛、わたしなしでは生きていけないというあの人の言葉……それには日曜日に彼が帰るのをひたすら待つしかないのだ。

ジャロッドはベッドに入っているかしら。やはり眠れないでいるかしら。ドミナイは眠気を催してきた頭でぼんやり考えた。

翌朝、ドミナイは早々と階下に下り、ミセス・モーンを手伝って子供たちを学校に送り出した。その日の夜には家の中をきれいに飾りつける——これが子供たちとの約束だった。

久しぶりに階下に下りられたドミナイはいそいそと家事を手伝い始めた。飾りつけのプランを話すと、ミセス・モーンは大いに乗り気になった。もちろんお礼の意味をこめて、ドミナイは費用を負担するつもりだった。

ミセス・モーンが必要な飾りのリストを持って買い物に出かけると、ドミナイはジンジャーブレッド作りに取りかかった。やがて表面のデコレーションを残し、大小さまざまなものができ上がった。小さいものはツリーの飾り用、大きいものは子供たちの友達へのプレゼント用だ。ドミナイのプランは、おもちゃの兵隊やシュガープラムの妖精《ようせい》のある、あのバレエ組曲の《くるみ割り人形》に出てくるようなクリスマスだった。

そうだわ! ドミナイは手を打ち合わせた。階段の手すりとマントルピースを飾るものがいる。ポインセチア、さるとりいばら、それとひいらぎがいい。それからコーヒーテーブル——あそこには大きな青いあじさいを飾ろう。ろうそくでできた飼い葉桶《おけ》のイエスの場面は、ミセス・モーンに頼んである。あとは玄関の廊下を飾るやどりぎの枝……これでいいわ。ドミナイはさっそく花屋に電話した。

たいした散財になりそうだったが、ドミナイは、誰にとっても忘れられないクリスマスにしたかった。

ドミナイは階段をばたばた駆け上がり、ベッドの下から縫い上がった靴下を引っ張り出した。子供たちのセーターは完成していたが、ジャロッドのセーターはまだヨークの部分が残っている。でき上がったら、ミセス・モーンに頼んで店で縫い合わせてもらうつもりだった。

「まあ、きれい!」ミセス・モーンは戻ってきてマントルピースにつるした靴下を見るなり、目を丸くした。「あなたがお作りになったの? 信じられないわ」

「最初に母から教わったのが編み物と縫い物なの」

ミセス・モーンはドミナイの顔をじっと見つめた。「あなたはすごい方ね、家の中が見違えるようになったわ」

ドミナイはほほ笑んだ。「すごいのはあなただわ。ここの家族を支えているのはあなたですもの。ジャロッドは運のいい人だわ。子供たちにも好かれているし。ご存じ? ピーターは例の手紙で、当選したらあなたも招いてほしいと書いていたのよ」

みるみるミセス・モーンの目がうるんだ。「知らなかったわ。ありがとう、教えてくださって……お化粧を直してきますわ、もう子供たちを迎えに行く時間ですから」

ミセス・モーンと入れ違いに花屋が配達に来た。少しすると、家の中はクリスマスカードのような華やかさに包まれた。みずみずしい葉と花、キッチンから漂うジンジャーブレッドのスパイシーな香り、玄関から駆けこむ子供たちの、ドミナイを呼ぶにぎやかな声で居間はぱっと明るくなった。がんばってよかった。ドミナイは二人の顔を見てほっとした。

二人はマントルピースの大きな赤いフェルトの靴下を見てわっと歓声をあげた。マイケルの靴下には茶と白のジンジャーブレッドマン、ピーターのには宝石を飾った青狐《ぎつね》が縫いつけてある。パステル調のマザーグースはミセス・モーンの、ジャロッドの靴下には青と白のビーズとスパンコールをふんだんに使ったたくましい水夫だ。二人はミセス・モーンが買ってきた飾りを一つ一つ点検し、ツリーに飾るものを選んだ。

ピーターはガレージから折りたたみ式のはしごを持ってきた。まだ飾りをつけるつもりなのだ。だがドミナイでさえ、ツリーのいちばん上には届きそうにない。それでもピーターとマイケルは、コードでつながったランプをツリーの下の方からかけ始めた。

「知り合いに電話をかけてみますわ」ミセス・モーンが見かねて言った。「まず食事にしましょう」

「そうね。ほかにもすることはあるから」ドミナイは子供たちをうながした。

「すごいや、このクッキー!」キッチンに入るなり、マイケルは目をみはってピーターにささやいた。クッキーはどれも上にあけた穴に赤いリボンを通してある。

「食事が終わったら、みんなでクッキーのデコレーションをしましょうね。大きいのはお友達用よ」

ピーターとマイケルは猛スピードで食事をたいらげ、クッキーのデコレーションにかかった。アイシングをかけ、粒チョコレートを振りかけ、きらきら光るアラザンの粒をかけ……いくつかは哀れにも失敗作と見なされ、二人の胃袋に収まった。だが全体としてはすばらしいできばえだ。

「ぼくにも残しておいてくれたかな? おなかがすいたよ」ドミナイはどきりとして手を止めた。振り返ると、ジャロッドが髪に雨の滴をつけ、オーバーコートを着たまま立っていた。

「パパ、見て! ドミナイが作ったんだよ!」子供たちが叫んで駆け寄り、クッキーを指さした。

「これ、食べてもいいよ」マイケルが鷹揚《おうよう》に差し出したクッキーをジャロッドは口に入れ、食べ終わるとちらりとドミナイを見た。

ドミナイは手についた小麦粉を払った。「わたし……わたしたち、あなたは日曜日まで戻らないと思っていたわ」

「ぼくもそのつもりだった」ジャロッドはつぶやき、室内を見回した。前日の午後、寝室に上がってきたときのように温かいまなざしだ。「ジンジャーブレッドの匂《にお》いにつられて帰ってきてしまったらしい」

「帰ってきてくれてよかったよ、パパ。ぼくたち、クリスマスツリーのてっぺんにランプをつけてほしいんだ。ミセス・モーンはミスター・ロースンにやってもらうつもりでいたけど」ピーターが言った。

「電話しましょう、もう必要ありませんものね」

ミセス・モーンが書斎に消えるのを見送り、ジャロッドはマイケルを抱き上げた。

「パパ、ドミナイが作った靴下、見た？」

「みんな見たよ、マイク。まるでサンタの仕事場だね、ここは。妖精たちは忙しかっただろうな」

マイケルは楽しそうに笑った。「ばかだな、パパは。ドミナイは妖精じゃないよ」

ジャロッドはびっくりしたようにドミナイを見た。「そうだね、妖精には見えない。でもドミナイは魔法みたいな力を持っているだろう？」ドミナイにとっては躍り上がりたくなるほどの賛辞だ。だが賛辞にしては、ジャロッドは妙な表情を浮かべていた。

「まず食事をさせてほしいな。それからツリーにランプをつけよう」

「やっほう！」子供たちははね回りながら、玄関ホールにコートをかけに行く父親についていった。戻ってくると、ジャロッドは二人に《メサイア》のレコードを渡した。聖なる音楽は、すぐに家中をクリスマスの喜びで満たし、ドミナイの心も喜びで満たしてくれた。

ドミナイはクッキー作りの後片づけをしながら、ジャロッドが食卓からじっと自分を見ているのを感じた。何をききたいのだろう、しょっちゅうあんな目つきで見て。なぜなのかドミナイにはわからなかった。

ミセス・モーンはキッチンから姿を消していた。食事を終えたジャロッドは立ち上がり、使った食器を流しに持ってきた。ドミナイはごく自然にそれをすすぎ、食器洗い機に入れた。ジャロッドはそれをじっと見ている。

「クリスマスになると家庭的な本能がよみがえるのか？　それともこれはただの気まぐれかい？」

「気まぐれよ」ドミナイは冗談を返したつもりだった。どうせこの人は、わたしを仕事ひとすじの人間だと思っているのだ。だが振り返ると、ジャロッドは真剣な顔をしていた。「わたし、あなたの家に入りこみすぎたかしら？　そう言いたかったの？」

「そんなこと言ってないさ」

ジャロッドは怒ったように見えたが、ドミナイは無視した。

「ごめんなさい。ずっとお世話になっていたから、少しお返しをしたかったの。でも長くいすぎたらしいわね、あなたを怒らせてしまったわ。明日、出ていきます」

8

「クリスマスはうちにいるって言ったじゃないか！」いきなり入口からくやしそうな声がした。ピーターだ。肩を怒らせて立っている。

ジャロッドは一瞬顔をこわばらせ、やがてタイをゆるめた。「盗み聞きはいけないな。大人もときどき思い違いをするんだ、君とマイクみたいにね。でもそういうとき、君はなんとかするだろう？　だいじょうぶ、ドミナイはどこにも行かないよ。まだ気管支炎が治っていないから。とにかく、ドミナイに謝りなさい」

ピーターが顔をくしゃくしゃにして胸に飛びこんでくると、ドミナイはしっかり抱き留めた。

「ごめんなさい、ドミナイ。好きだよ」

「いいのよ、わたしもあなたが好きだわ」

ジャロッドはそれを見ながら何か考えているようだった。「ドミナイとぼくはすぐ行く、だから……」ピーターは父親の顔を見もせずに出ていった。「ピーター！」

ドミナイは顔をくもらせた。ピーターの反抗的な態度は自分に責任があるのではないだろうか。彼女はふと肩にジャロッドのやさしい手を感じて息をのんだ。

「ぼくも謝らなければいけない」ジャロッドの声はかすれていた。「せっかくクリスマスらしい雰囲気を作ってくれたのに、ばかなことを言って怒らせてしまった。この靴下だってずいぶん時間がかかったんだろう？　気まぐれだなんてとんでもない。やはり有名人の君とやさしくてよく気のつく君と、どうしてもイメージが重ならないんだ。許してくれないか？」

ジャロッドに両手で顔をはさまれて、ドミナイはとまどったように彼を見上げた。「許すだなんて。でもどうしてそんなに……」ドミナイは彼のことが少しはわかったような気がした。「わたしがキッチンに立ったり、子供の世話をしているのを見るのはいや？」

ジャロッドは頭を垂れた。「わからない、今はキスしたくて頭がいっぱいなんだ。クリスマスのやどりぎの下にいる少女にはキスが許されているが、やどりぎなんかいらないよ。なぜぼくがゆうべ眠れなかったんだと思う？ なぜ急いで帰ってきたと思う？ 寝室でやり残したことがあるからだよ」

ジャロッドの顔がすっと下りてきた。ドミナイはまた何も考えられなくなった。〝寝室でやり残したことがあるからだよ〟――その言葉で、前日の歓喜が一気によみがえった。いや、それ以上だった。ドミナイはもう自分たちがどこにいるのかわからなくなりかけていた。

「またキスしてる」ドアのすきまからひそひそ声がもれた。マイケルだ。ジャロッドはさっと体を離し、髪をなでつけながら気を落ち着かせるように息をついた。

ドミナイはカウンターに手をつき、肩を苦しげに上下させた。するとジャロッドの手が背後から腰に回り、耳元でささやく声がした。「わかるかい、どんなに君が欲しいか？」二人はそのままじっとしていた。

こつこつと催促するようにドアをノックする音が聞こえる。

「今行くよ、マイク」ジャロッドはうめくように言った。

ドミナイは顔を上げることができなかった。顔を合わせたらジャロッドを行かせることができなくなりそうだ。

居間に戻ると、二人は何事もなかったように振る舞った。だが飾りつけをしながら、目が合うとジャロッドはひそかに微笑を送ってくる。そのたびにドミナイは頬を赤らめ、目をそらした。

「きれいだなあ」子供たちは飾りつけの終わったツリーをうっとりと見上げた。明かりを消した部屋の中で色とりどりのランプが、おとぎの城の明かりのように明滅している。

ジャロッドが咳払《せきばら》いをした。目が子供のように輝いている。「ドミナイ、《きよしこの夜》を歌ってくれないか?」

「じゃ、一フレーズ歌ったら、みんなも参加してくれる?」いっせいに拍手が起こった。ドミナイはいつもよりキーを下げて歌い始めた。声はなめらかに出た。よかった。ドミナイはほっとして歌い続けた。一フレーズ歌い終わって耳を澄ます。だが誰も、黙ってドミナイを見つめるばかりで、歌おうとしない。

「歌わないの?」

「いいの、歌って」ピーターが言った。

二、三フレーズ歌い、もう一度うながすと、やっとみんな歌い始めた。

「今度は《ザ・ナイト・ビフォア・クリスマス》を歌って!」歌い終わると子供たちがせがんだ。

「喉はだいじょうぶ?」ジャロッドが医者の顔に戻ってたずねる。

「ええ、だいじょうぶ。あれほどひどかったのが、嘘《うそ》みたい。あなたのおかげだわ」

ジャロッドはしばらくドミナイの言葉をかみしめているようだった。

「もう一曲歌ってもらったら、すぐベッドに入るんだよ、いいね?」

子供たちがうなずくと、ジャロッドはカウチに連れていき、いっしょに腰を下ろした。ドミナイは三人を見てほほ笑んだ。

「この歌はピアノがないと難しいわ。手拍子でもなんでもいいから伴奏してね」

ドミナイは歌い始めた。病院への慰問ツアーでここ何年か人気のある歌だから歌い慣れている。それでもこれほど上手に歌えたことはないような気がした。

子供たちは初めは静かにしていたが、ドミナイの演技たっぷりのしぐさを見ているうちにくすくす笑い出し、とうとういっしょに歌い始めた。「メリークリスマス・トゥ・オール、アンド・トゥ・オール・ア・グッドナイト」最後の歌声が消えると同時にピーターとマイケルはカウチを飛び出し、ドミナイに抱きついてキスをした。そのあと、ドミナイにすぐ戻るからと言い残し、ジャロッドは二人を二階へとせきたてた。

ドミナイはカウチにぐったり寄りかかり、幸福感に酔いしれていた。しかしそれは電話のけたたましい音にあっさり破られた。この家にかかってくる電話は、たいてい病院からの呼び出しだ。ジャロッドがうつむきかげんに戻ってくるのを見て、ドミナイは自分でも信じられないくらい落ちこんだ。

「ドミナイ、君に電話だ。カーター・フィリップスからだよ。いろいろ話すことがあるんだろう？ ぼくは病院に行く、新生児黄疸《おうだん》の患者がいるから。本当はもっと早く行かなければならなかったんだ」

「ジャロッド」ドミナイはあたふたとあとを追った。「起きて待っていてもいい？」

ジャロッドはいらだたしげにオーバーコートに袖《そで》を通した。「三十分以内に戻らなかったら、何か問題があったということだ」

にべもない返事だ。でも、カーターからの電話さえなければ、全然違う夜になっていたかもしれないのだ。そう思うと、このまま黙って行かせるわけにはいかなかった。「そういうことには慣れているわ。わたしは医者の娘よ。あなたが戻るまで起きて待っています」

ジャロッドは手を止めた。「いいのか、長距離電話をほうっておいて？」それからまたコートのボタンをかけ始めた。「おやすみ、ドミナイ」

「おやすみなさい」ドミナイは蚊の鳴くような声で言った。

目の前で、ドアがかちゃっと音をたてて閉じた。ドミナイにはそれがすべてを語っているように思えた。彼には早く戻る気はないのだ。

ドミナイは気を落ち着かせて受話器を取り上げた。カーターは彼女の病気の回復状況をたずね、撮りだめがあと二週間分あるから番組のことは心配しなくていい、と言った。それでも間に合わないなら以前の分を再放送するということだった。カーターはいくつかニュースを知らせ、スタッフからの見舞いのメッセージを伝えて電話を切った。

ドミナイはカウチに座ってジャロッドの帰りを待った。三十分……一時間……車の音は聞こえない。

彼女はあきらめて立ち上がり、クリスマスツリーの明かりを消して階段を上がった。

それにしてもおかしい。カーターからの電話でなぜジャロッドの態度が急変したのか、ドミナイにはわからなかった。肝心のときになぜ？　なぜ、オフィスにどなりこんできたときのように冷酷な顔になったのだろう。

ドミナイは悶々《もんもん》として朝を迎えた。

ジャロッドは土曜日に戻ってきた。子供とテレビを見ているところに現れ、ドミナイをじっと見ると黙って書斎に消えた。その夜はとうとう出てこなかった。

クリスマスの前の一週間はいつものように始まった。子供は学校へ、ジャロッドは病院へ。違うことといえば、ドミナイの体調がほぼ完全に回復したことだ。彼女は朝からミセス・モーンを手伝って家事に走り回った。だが頭は不安で破裂しそうだった。もうジャロッドや子供たちと離れて暮らすなんて考えられないのに、目の前には仕事に戻る日が迫っている。どうしたらよいかわからない。そのうえ、もしジャロッドがわたしと同じ気持ではないとしたら、その日になったらわたしをさっさと送り出すとしたら――そう思うと、ドミナイはいてもたってもいられなかった。

木曜日からクリスマス休暇に入る。ドミナイは子供たちといっしょに過ごすのを楽しみにしていた。だが当日になって、ピーターとマイケルは友達の誕生パーティに泊まりがけで招待されているのがわかった。ジャロッドはジャロッドで、火曜日からシアトルに行ったきり戻ってこない。こんな状態では、ミセス・モーンを引き留めておくのもばかげているので、ドミナイは彼女に娘の家に帰るよう勧めた。

ミセス・モーンがためらうのを送り出し、ドミナイはラジオのスイッチをひねって《リゴレット》の舞台中継を聴きながら、キッチンの流しで髪を洗った。

ブラシをかけるたびに、つややかさを取り戻した髪が鏡の中で踊る。髪の先が肩に触れる。事故の前にはもっと短かった。ジーンズも少しゆるくなっている。黄色い木綿のセーターを着て頭を振ると髪が気持よく揺れた。ドミナイはすっきりした気分でカウチにとんと腰を下ろし、スリラー小説を手に取った。

しかしいざ開いたとたん、ドミナイの気持はすっと沈んだ。

ジャロッドはなぜ帰ってこないのだろう。わざとわたしに近づかないようにしているのだろうか。なぜ？　二度と情熱に押し流されないように？　だとしたらあれは一時の気まぐれだったということね。

本はいつか手からすべり落ち、ドミナイは夕闇《ゆうやみ》が迫るのも気づかずにぽつんと座っていた。

ジャロッドは心のどこかでわたしを嫌っている。そしてどこかでまだ奥さんを愛している。どうしようもない組み合わせだ。ドミナイには、去るほかに解決法がないように思えた。それもできるだけ早く、クリスマスが明けたらすぐにでも。

時はのろのろ過ぎていった。十時。ジャロッドはまだ戻らない。二人きりになるいい機会だったのに。ドミナイはテレビを消して二階に上がった。

さえざえと輝く月が暗い海に影を落としている。霧が晴れるのは久しぶりのことだった。ドミナイはロフトの窓辺にたたずみ、外の景色に見とれた。港の灯がちらちらと揺れている。かすかに汽笛の音が響く。ドミナイは子供たちの二段ベッドの下の段に腰を下ろし、いつまでも夜景に見入っていた……。

物音でドミナイは目を覚ました。起きて初めて自分がロフトのベッドにいるのに気づいた。そのまま寝てしまったのだ。自分の名前を呼ぶ声がする。そしてあわただしく階段を駆け上がる靴音。ジャロッドだ。何時かしら……まだ暗い。

「ジャロッド?」自分の存在を知らせるために呼びかける。そして立ち上がって廊下を見ると、彼の姿が見えた。

「ドミナイ、そこにいるのか?」

ドミナイはまぶしそうに廊下の明かりを手でさえぎった。「どうしたの?」髪をかき上げると、ジャロッドの視線は彼女のあらわになった喉に釘《くぎ》づけになり、それから右肩のあたりに移った。セーターがずれ、肩がむき出しになっていたのだ。

「どこに行ったのかと思ったよ」

ドミナイはセーターを直した。「シアトルに帰ったと思った?」

ジャロッドはうなずいた。「でも君の荷物はまだ寝室にあった。月に誘われて散歩しているか……それともボートハウスまで下りて海に……」言葉はそこでとぎれた。

ドミナイは彼の表情を探った。だがはっきり見えるのは、逆光に浮かび上がる、すらりとした体の線だけだった。ずっと、わたしを避けていたことを考えれば、ジャロッドの心配には深い意味はないのだろう。「港の明かりを見ているうちに寝てしまったの」

「ここにいるとはね」

まるでわたしが待ち伏せでもしていたような口ぶりだ。「まさかあなたが今夜戻ってくるなんて……。上がる途中、景色がきれいだからつい入りこんだだけだわ。子供たちは友達の家だし……」

「そんなことはどうでもいい」ジャロッドが荒々しくさえぎった。「君は自分がどれほど美しいか、わかっているのか？　どうやって君から遠ざかっていようう――ぼくはそればかり考えてきた。でも、もうだめだ、気が狂いそうだ。助けてくれ」

助けて？　ドミナイはぼうっとして、とっさに彼が何を言っているのかわからなかった。「出ていってほしいの？」妙に静かな声だった。

ジャロッドはやるせなさそうにかぶりを振った。「わかっていないな、出ていってほしくないんだ。君に触れたい。でも今度触れたら歯止めがききそうにない。そうなってはいけないとわかっているからこそ……」

何を言っているのかしら。「わたしが何かした？」ドミナイは知らず知らず一歩前に出ていた。「あの子たちと関係があるの？」

「ドミナイ……」ジャロッドは苦しげに顔をゆがめた。「フィリップスだよ……」

「カーターが？　あの人とわたしたちとどういう関係があるの？」

「わたしたちじゃない、君とだ！」

「どういうこと？」

ジャロッドは足の位置を変えた。「君はあの男に操られているんだ。何年あの男と仕事している？

八年か？　あの男の下でしか働いたことがないんだろう？　あの男のためならなんでもする気なんだ、君は」

「そんな！」

ドミナイはあきれてものも言えなかった。ジャロッドはそんなドミナイを見据えた。

「操られているときはそれと気づかないものだ。フィリップスは見栄えのいい、うぶな十九歳の娘を見つけ、思いどおりのスターに作り変えたんだ。君が喜んでついてくるのをいいことに、好き勝手をしているんだ、恩人面して。頭のいい男だよ」

ドミナイはきっと頭を上げた。信じられないことを言う人だ。「あなた、自分で何を言っているかわかってる？　チルドレンズ・プレイハウスはいい会社よ、カーターはあなたの言うようなひどい人じゃないわ」

ジャロッドはにやりと笑った。「じゃ、コンテストのことはどう説明する？」

「どういうこと？」

「気が進まなかったと言っただろう？　でも断らなかった。それはフィリップスのためだ」

「断っていたらカーターは強要しなかったわ」

「そこだよ。君は断らなかった、フィリップスに逆らいたくなかったからだ」ジャロッドは腕を組んだ。「事故のときも気管支炎や低体温という状態だったのに、救急治療室に入るなりフィリップスのことを考えていたじゃないか！　自分のことよりフィリップスのことをね」

ドミナイの頬がさっと紅潮した。「ドクター・ウルフ、あなたが事故にあっていたら、病院にもクリニックにも居場所を知らせなかったと言うのね？　はっきりさせておくわ。わたしが断らなかったのは、そうする気がなかったからなの。どうしてもいやというほどのことじゃなかったからよ！　それに、あなたは大学で心理学を勉強したかもしれないけれど、一つ見落としていることがあるわ。ただ楽しいからする、そういうこともあるのよ！　深層心理の穿鑿《せんさく》ですべてがわかるなんて考えないほうがいいわよ。わたしは今の仕事が好き、それだけなの。音楽があればわたしはいいの！」

　ジャロッドの顎の筋肉がぴくりと動いた。「わかったよ。でも今の言葉ではっきりしたよ、君に近づかないほうがいいんだ。もう話してもむだだな」

　わかったわ、わたしを愛していないということね。

「あの子たちに伝えてくれませんか？　わたしはもうよくなったから仕事に戻るって。明日の朝一番に発《た》つわ」ドミナイはかっとして言い放ち、戸口に向かってすたすた歩き出した。

「ドミナイ……」階段の途中で振り返ると、ジャロッドが見上げていた。明かりのせいか、ひどく顔が青ざめて見える。「クリスマスが終わるまでいてくれ。その間、君に近づかないようにするから」

　いずれ去らなければならないとわかっていながらとどまるのは、胸の痛みを長引かせるだけだ。「そんなことをしても、お互いつらいだけだわ。ピーターはいつかわたしがいなくなると思っているから、そんなに驚かないでしょう。マイケルはまだ小さいし……」

「じゃ、本当に行くのか？」

　階段の上と下でにらみ合いが続いた。お願い、止めて！　ドミナイは心の中で叫んだ。だが、ジャロッドは口を真一文字に結んでいる。沈黙が夢も希望も無惨に打ち砕いた。

「ええ。じゃ、荷造りしなければいけないから」

「同じ別れるにしても、明日マーサー・アイランドまで君を送ることにすれば、あの子たちも少しはショックが和らぐだろう。君は仕事があるからということにしておくよ」

いいえけっこう、とドミナイは言いかけて思いとどまった。ここで手を振って別れるよりは、子供にとっていいかもしれない。「そうね」ドミナイは小声で答えて階段を駆け上がった。

寝室に入るなりドミナイは荷物を片づけ始めた。わき目もふらずに手を動かし続ける。休みなく、ただひたすら。レースとサテンの寝室着に触れて初めて、手の動きが止まった。ジャロッドと子供たちが見舞いにくれたものだ。ベッドに突っ伏し、寝室着に顔を埋《うず》めてドミナイは泣いた。泣き続け、泣き疲れ、やがて眠りに落ちた。

ドミナイは霧笛の音に眠りを破られた。太陽が顔をのぞかせている。飛び起きてバスルームに駆けこむ。シャワーを浴びて涙の跡を洗い流し、コースト・インで食事をしたときの服を着てそっと部屋のドアを開けた。

家の中は静まり返っている。ドミナイはバッグをさげて忍び足で階段を下り、ロフトの前を通った。ジャロッドはドアの向こうで寝ているはずだ。

冷蔵庫からジュースを取り出し、キッチンテーブルについてミセス・モーンに手紙を書き始めた。書いていると改めて思い出されるのは、ミセス・モーンのすばらしさだ。母親のいない家を見事に仕切り、子供たちにこまやかな愛情を注ぐ彼女がいれば、この家は安泰だ。ドミナイは震える手で署名をすませ、手紙を封筒に入れてテーブルの上に置いた。

もう一度寝室に上がり、きれいに包装したたくさんのプレゼントを持って下りると、それをクリスマスツリーの下に置いた。本来ならジャロッドへのプレゼントもここに置くはずだった。だがセーターは縫い合わせのために店に出したままだ。あとはミセス・モーンが手配してくれるだろう。

「もう起きていたんだね」

いつ下りてきたのか、ジャロッドが立っていた。

シャワーを浴びてさっぱりした体にグレイのズボン、黒のセーターを着た姿は、ひときわ魅力的だった。やつれの見える顔も、男らしい美しさをかえって引きたてている。

「いろいろすることがあったから早めに起きたの」

ジャロッドは近づき、しげしげとドミナイを見た。

「海の緑はこの海峡でずいぶん見てきた。でも君の瞳のような色は見たことがない」そう言うとため息をついた。「スタジオで会ったときとはまるで別人のようだ。たっぷり休養をとったせいだよ。仕事が忙しいのはわかるが、無理をしないようにね」

職業的な気遣いはかえってつらいだけだ。ドミナイは黙って出ていこうとした。するとジャロッドは肩に手を置いて引き留めた。とたんにドミナイは体から力が抜けた。

「もっとペースを考えて体に気をつけること、約束だよ」答えはない。「ドミナイ?」ジャロッドは肩を軽く揺すった。ドミナイはぼうっとして何を話していたのかわからなくなっていた。突然、ジャロッドに触れることさえできたら何もいらない、という気持になった。だが、彼は望まないだろう。この人はわたしから何も求めていないのだ。

「放して」

ジャロッドの顎の筋肉がひくひく動くのが間近に見えた。彼はどんよりした目で見下ろしていたが、不意に手を離した。「車に荷物を積んで、子供を呼んでくる。十分もかからないから」そう言って、一刻も早くドミナイから離れなければとでもいうように、足早に出ていった。

ジャロッドの姿が見えなくなると、ドミナイはテーブルにもたれかかった。ちょっと彼の手が触れるだけで、マッチ箱にすりつけられたマッチ棒のように燃え上がってしまう。でも、別れたらもうそんな心配もいらなくなる。

ドミナイは薔薇《ばら》の木の鉢植えとバッグを持って玄関に向かった。ノブに手を伸ばしたとたん、ドアが開いた。

「ドミナイ！」マイケルが突進してきてドミナイの腰に抱きついた。「行かないで、お願い」

「マイケル、車に乗りなさい！」

二人は顔を上げた。入口に頬を紅潮させてジャロッドが立っていた。マイケルはスカートの裾《すそ》をぎゅっと握った。

「いやだ！」

「マイケル、君はさっきなんと言った？」

ジャロッドはさとすように言ったが、ききめはなかった。

「ドミナイがシアトルに帰るなんていやだ、ピーターはパパのせいだって言ってるよ！」

マイケルは目にいっぱい涙をためていた。ドミナイはしゃがみこんでマイケルの肩を抱いた。「誰のせいでもないわ。ミスター・フィリップスを覚えている？」マイケルはこくりとうなずいた。「ゆうべ電話をかけてきたの。もうよくなっているのなら、病院に入っている子供たちを楽しませてあげてくれないかって。去年も行ったことは覚えているわね？」マイケルはしぶしぶうなずいた。「あなたのお父さんはもうだいじょうぶだと言ってくれたわ。かわいそうな子供たちはきっとクリスマスを楽しみにしているわ、がっかりさせたくないでしょう？」

マイケルは目をぱちぱちさせながら、ドミナイの言ったことを一生懸命考えていた。「でもドミナイ、いっしょにいたいよ。ね、パパ？」

ドミナイはマイケルの顔をのぞきこんだ。「わたしだってそうよ。じゃあ、こうしましょう。クリスマスの朝、あなたたちがプレゼントを開けたころ電話するわ」

「約束する？」

マイケルの真剣なまなざしを見てドミナイの胸は痛んだ。

「ええ、約束するわ」

「それじゃ、ドミナイとパパに謝りなさい」ジャロッドは腰を落として腕を広げた。マイケルはおずおずと近寄り、父親の肩に顔を埋めた。しばらくしゃくり上げていたが、やがて顔を上げてドミナイを見つめた。その目は露に濡《ぬ》れた二つの矢車草のようだった。

「ごめんなさい、ドミナイ。ごめんなさい、パパ」

「それでいい」ジャロッドはおだやかに言ってマイケルの頭にキスした。

「ドミナイの隣に座っていい?」

そうさせてあげて……ドミナイは無言で訴えた。ジャロッドはうなずいた。

「じゃ、後ろにしましょう、そっちのほうが広いから。おいしいものを作っておいたからそれを食べて、お話を読んで……そうだ、ゲームもしましょう、ピーターとパパを負かしちゃうのよ」

「ピーターは行かないよ」マイケルがうつむいてぽつりと言った。

ジャロッドがマイケルを抱き上げ、ぽんぽんと背中をたたいて下ろした。「さあ、行こう」

ジャロッドはドミナイを乗りこませてドアを閉め、薔薇の木を持って運転席に回った。

「ピーターはどうしたの?」バックミラーの中で二人の目が合った。「なんとかならない?」

「まず君を家に連れていく。後始末は戻ってからだ」

「後始末ってなあに?」マイケルが二人の顔を代わる代わる見た。

「ドミナイを降ろしてからクリスマスを楽しむということだ」

車は海沿いのハイウエーに入った。

「クリスマスのあと来てくれる？」

突然の懇願にドミナイはどきりとした。だがジャロッドは答える暇を与えなかった。

「無理を言ってはいけないよ、マイケル。ドミナイはまたツアーに出るんだから」

景色は朝の光を浴び、飛ぶように過ぎていく。ドミナイはうつろな目で外を眺めていた。

「なぜ行くの？」

またジャロッドが話を引き取った。「ストーリー・プリンセスだからさ。マイケル、君だって初めてのときは会いたくてしかたがなかっただろう？ワシントン州の子はみんなそうなんだ。ストーリー・プリンセスに会うのを楽しみにしているんだよ」

マイケルはドミナイを穴のあくほど見つめた。ドミナイがにっこりほほ笑みかけると、またどきりとさせるようなことを言った。

「でも本当の王女様じゃないよ」

ジャロッドがどういう反応をするかわかっている。ドミナイは顔を上げられなかった。「ええ、仕事をしている普通の人間だわ、あなたのお父さんのようにね」

「でもツアーに行ったら、もうテレビじゃ見られないね」

「いいえ、見られるわ。スタジオに行ったときのことを思い出してごらんなさい。ビデオに撮っていたでしょう？番組を何回分もいっぺんに撮っちゃうのよ」

マイケルは気持よさそうにドミナイの腕に頭を載せた。「じゃ、本当はあそこにいないんだ」

ドミナイは目を閉じた。「そう。テレビに出ているとき、スタジオにはいないわ」

「ストーリー・プリンセスになるの、好き？」もう目はとろんとしている。

「好きなんだよ、マイケル。それがドミナイの生きがいなんだ」ジャロッドの声が運転席から飛んだ。それは、ドミナイには痛烈な皮肉に聞こえた。

「そう……」マイケルのまぶたが下りてきた。するとまつげの間から、涙の滴がこぼれて頬に落ちた。

車内は重苦しい沈黙に包まれた。昨夜はあまり寝ていないのだろう、マイケルはドミナイのアパートメントに到着しても目を覚まさなかった。

ジャロッドは黙ってバッグと薔薇の木を取り上げ、すたすた歩き始めた。早くけりをつけたいのだ。こちらだって別れの瞬間をだらだら引き延ばす気はない。ドミナイはマイケルをそっとシートに横たえ、急いであとを追った。

ドミナイが玄関のドアにキーを差しこんでも、ジャロッドは荷物を置いてたたずんでいた。「ここでいいわ。マイケルが目を覚ますといけないから」ドアを開け、ドミナイは旅行バッグを中に押しこんだ。

「ドミナイ……」

「さよなら、ジャロッド」ドミナイは薔薇の木をぎゅっと胸に押しつけた。「いろいろとありがとう――ぴったりしない言葉だけれど、でも本当よ」

ジャロッドの目は輝きを失っていた。「ストーリー・プリンセスの時代の長からんことと健康を祈るよ――本気だ、冗談で言っているんじゃない」そう言って自分と子供からのクリスマスプレゼントを旅行バッグの横に置いた。「さよなら、ドミナイ」

9

「ハッピー・ニュー・イヤー、カーター――もう二月になるけれど！」

「ドム！　帰ってきたのか！」カーターは椅子から飛び上がって駆け寄った。「どれ、見せてごらん」

彼は抱擁をすませると、黒い瞳でドミナイをすばやくチェックした。「一カ月ぶりだな。クリスマスのころはひどく青い顔をしていたが、どうだこの黒さは。長い髪も似合うぞ。でも……どうした、あまり幸せそうじゃないな」

「何言ってるの、幸せだわ」

「ハワイは期待はずれだったのかな？」

「最高だったわ」

カーターはかぶりを振った。「見ればわかる、悲しそうな目だ。何があった？」

「べつに。それよりスケジュールの打ち合わせをしましょう」

カーターは口笛を吹いた。「やめると言いに来たんじゃないんだな？　よし、座って話そう」

ドミナイは向かいの椅子に腰を下ろした。「その前に、休みをくれてありがとう。やっぱり行ってよかった。今朝、病院に行ったの。検査結果は異常なしよ。きれいに治っていますって」

「そいつはよかった」カーターは口ひげをひねった。「だから前から言っていただろう、ドム、休みが必要だったのさ、それも長いのがね」

「ええ、わかっていたわ。でも、ひとり旅は好きじゃなかったの。小さいときは両親と行っていたし、母が亡くなったあとは父がよく旅行に連れ出してくれたわ。父も亡くなってからは、ひとりではつまらなくて旅もしなくなったの。でも今度の病気で思い知らされたわ、四六時中働いて、何もいいことはないって」

「そうか、それを聞いて安心したよ。さて、ということは何か爆弾宣言がありそうだな？」

カーターのウインクを見てドミナイは笑い出した。

「週休三日にしてほしいの」

カーターは椅子の背にもたれかかり、両手の指先を合わせた。「それで？」

「それだけ。マウイ島でね、ツーリストのグループと仲よくなっていっしょにセーリングしたの。あんなにおもしろいものだとは思わなかったわ。その中にタコマでセーリング・スクールを経営している人がいて、帰ったら教えてくれるって。奇遇ね。ハリケーンの日以外は一年中セーリングしてるそうよ」

「誰かと恋は？」

「セーリングとぐらいかしら」

「それは残念だ」カーターは顔をしかめてみせた。「ほかに何か言うことはあるかい？」

「スポーカンのツアーだけれど、もう少しあとにしてくれない？」

「わかった」

「いいの？」

「ほかならぬストーリー・プリンセスの頼みだ。でもね、ドム、君がブレマトンにいる間に考えたんだが、いつまでもストーリー・プリンセスというわけにはいかないだろう。誤解しないでくれよ。これは君が作り上げた役だ、だから君にやる気がある限り君のものだ。しかし……」

「しかし実業家のあなたとしては、もうほかに考えている人がいる、でしょう？」そうとわかっても、ドミナイはなぜか気にならなかった。「ヘレンじゃない？」

「あの子は君の訓練を受けてもう三年になる」

「それにわたしより若い」

「お話の妖精《ストーリー・ピクシー》の名で売り出そうと思うんだ、小柄だし」

ドミナイは手を打って喜んだ。「じゃ、番組を一週間交替で受け持てばいいわ。スポーカンもヘレンに行ってもらえるじゃない！」

だがカーターは気乗りしないようだった。「ツアーは君がその気になるまで延期だ。ただテレビとレコーディングは君の負担を軽くできるよ。週休三日は君には必要だ、そしてヘレンは世に出る機会が得られる」

カーターに操られている？　ふとドミナイはジャロッドの言葉を思い出して顔をしかめた。あのときはたしなめたつもりだったが、彼が本当に考えを改めたかどうかとなるとあやしかった。

「カーター、本当にありがとう」

「お互いこれがいちばんいいんだ。ストーリー・プリンセスのおかげで会社は新しい方向に踏み出した。ドミナイ・ローリングはドミナイ・ローリング、絶対替えのきかないものだ」

「ありがとう」

ドミナイが小声で答えると、カーターはにやりとした。「君のお父さんがまだ生きていたらな。何しろ、君がぼくのところで仕事をするのに賛成してくれた人だからね。今でも、よく賛成してくれたと思うよ。君は後悔していないかい？」

ドミナイはかぶりを振った。「全然。この仕事が好きだし、仕事以外にクラシックを歌うチャンスもあるもの」

「でもセーリングを始めたらそうはいかないだろう」

「いつも室内の仕事だったから、いい気分転換になるわ」

「うん、いいアイデアが浮かんだぞ、セーリング・

プリンセス。どうだい?」

「まあ」ドミナイは笑いながら立ち上がった。「あのかつらをかぶって海に出たらどうなると思う?」

カーターは体を揺すって笑い、立ち上がった。そして戸口まで送ると、ドミナイの体に腕を回して額にキスした。「がんばれよ。君の求めているものが見つかるといいね」

やれやれ、カーターは思ったよりものわかりがよかった。ドミナイはアパートメントに帰ると胸をなで下ろした。これで週末は心おきなくタコマで過ごせる。

ドミナイはテレビをつけてサラダを食べ始めた。テレビは夕方のニュースを流していた。だが目はつい、コーヒーテーブルの上で美しく咲き誇る薔薇《ばら》に行ってしまう。いつものことだ。見ていると、やさしいジャロッドの思い出が古い虫歯のようにうずく。薔薇の花びらは至福の時を、薔薇の香りははかなく終わった喜びの時を歌い上げる。

そしてピーターとマイケル。クリスマスの朝、受話器から聞こえる声の悲しげだったこと。ジャロッドの他人行儀な、プレゼントへの礼の言葉が、よけいしらじらしく聞こえたものだ。

ハワイにいる間、子供たちに手紙を書いては破り、破っては書いていた。いくら書いても二人の慰めになるような言葉は浮かばなかった。いっそほうっておこうか。そう思いながら、目の前の写真立てから笑いかける二人を見ると、いても立ってもいられなくなるのだ。セーリングのときにジャロッドが撮ったものだろう。もちろん彼自身は写っていない。

ドミナイは食べる気をなくしてサラダを冷蔵庫に戻した。そのとき玄関でベルの音がした。隣の人かしら。冷蔵庫のドアを閉めて玄関に急いだ。ドアを開けたとたん、ノブを握る手がこわばった。

ドアの向こうにいるのはジャロッドだった。きちんとしたダークスーツにネクタイを締め、顔は青ざめて、心なしかやせたように見える。憤りとも悲しみとも取れる不思議な表情を浮かべている。ドミナイは懐かしい青い瞳を茫然《ぼうぜん》と見上げた。

「入っていいかい？」

「でも……」

色あせたフランネルのガウンに素足の姿が、ドアのすきまから見えたに違いない。だがジャロッドはそんなことにはおかまいなしだった。

「話がある、チェーンをはずしてくれ。それとも壊してほしいか？」

彼は本気だ。ドミナイはめまいがしそうだった。

「ちょっと待って、着替えるから」

「はずすんだ！」激しい語気に押されてドミナイはチェーンをはずした。そのとたん、ジャロッドはぐいとドアを引き開けて入りこんだ。

ジャロッドは後ろ手にドアを閉め、二人は宿敵のようににらみ合った。

「ツアーに行っているとばかり思っていた。ところがスタジオに電話したら、休みを取っている、いつ戻るかわからないと言うじゃないか。どこに行っていたんだ？　その焼け具合からすると、このあたりじゃないな？」

ドミナイはうつむいた。わたしを探していたの？　なぜ？「あなたの忠告どおり長期休暇を取ったの」彼女はジャロッドを見上げた。「あの子たちは？　元気？」

「元気とは言えない。子供たちに手紙を書く暇もなかったのか？」

また例の皮肉だ。ドミナイは身を守るように体に腕を回した。「今は書かないほうがいいと思ったの。それに、その気があればあの子たちはスタジオに来られるじゃない。いつでも会えるわ」

「いない相手をどうやってたずねろと言うんだ？」

「医者が全快したと言うまではマウイ島から動かないつもりだったの」

「ほう、そんなところにいたのか。いい医者に診てもらっただろうね」

「ええ、いいお医者さんだったわ」

「それで？」

「太鼓判を押してくれたわ。さあ、用がすんだのなら……」

「まだすんじゃいない！」ジャロッドはつめ寄った。男性的な匂《にお》いがドミナイの鼻孔をくすぐった。「ひとりで行っていたのか？」

ドミナイはあっけにとられた。一カ月前にさよならを言ったはずなのに、どういうつもりだろう。

「あなたに関係ないでしょう？」

するといきなりジャロッドが手を伸ばし、ドミナイの顎をつかんで仰向かせた。ドミナイは喜びが体中に波のように広がるのを感じた。

「あるさ。君が誰の腕に抱かれていたか知りたい」

もうだめだ。ドミナイは目を閉じ、ジャロッドの手にしがみついた。

「ジャロッド……」

「なんだ？」ジャロッドはドミナイの二の腕をぐいとつかんだ。「わかるか、ぼくがどんなに苦しんでいたか？ 君はどうか知らないが、ぼくは君がどこにいるのか、誰といるのか、そんなことばかり考えて毎日ろくに眠れない夜を過ごした」

ドミナイはうっとりとして目を開けた。目の前にジャロッドの口があった。うつむいているために、ぼんやりと陰になっている口が。ジャロッドはむさぼるようにキスし始め、ドミナイは情熱にぐったりした体を彼に預けた。ジャロッドの名を呼び、キスを返し、彼の愛撫《あいぶ》に愛撫でこたえた。

「ドミナイ……」ジャロッドがうめいた。「君が欲しい」

ジャロッドの唇はドミナイのまぶたに移り、熱くほてる頬をすべり、再び口に戻った。

「ドミナイ、君を抱きたい。男がいようが、そんなことはどうでもいい」彼は唇をうなじに走らせながら続けた。「君といると、何もかもどうでもよくなる」

ジャロッドが抱き上げようとするのを感じて、ドミナイはさっと身を引いた。〝君が欲しい〟――ドミナイが聞きたいのは、そんな言葉ではなかった。

椅子の背を盾のようにするドミナイを見ながら、ジャロッドはネクタイをはずし、カウチにほうり投げた。「どうした。ちょっと急すぎるかな？　でもこうなることはわかっていただろう？」

ジャロッドの目は熱く燃えている。しかしドミナイの心はしぼんでいた。

「わかってはいたけれど」

「今度の週末をいっしょに過ごそう。スケジュールも組み直した。半島に使える小屋があるんだ。電話もない、二人きりだ」

二日間、昼も夜もジャロッドと二人きり。これほど魅力的な誘いをどうして断れるだろう。いやだなどと、とても言えそうにない。でもそのために何千もの昼と夜をひとりで過ごすことになったら？　欲しいのは一夜の情熱ではない、欲しいのは一生の伴《はん》侶《りょ》、ジャロッドの子、ジャロッドの心だ。

「行けないわ」ドミナイは悄然《しょうぜん》と答えた。

「なぜだ。本当は行きたいんだろう？」

「約束があるの。今からでは断れないわ」

ジャロッドは天井を仰いで何事か考えていた。

「わかった。じゃ、次の週末にしよう」

「今すぐは決められないわ。三カ月もスタジオを空けていたんですもの」

「ドミナイ……」ジャロッドはささやき、ドミナイを引き寄せた。「たった一回の週末なんて、そんなものはどうでもいい、それだけでは足りない」彼はドミナイの目といわず喉といわず、いたるところにキスをしたあげく、顔を両手ではさんだ。「今夜いっしょにいてくれ。郊外に二人きりになれるいいところがある。今夜出られないなら、せめてぼくがシアトルに来たときいっしょに過ごそう」

ジャロッドの顔は生き生きと輝いている。だがドミナイの心ははずまなかった。やはり、愛しているという言葉はない。なぜ彼はこれほど明るい顔をしていられるのだろう。当然わかっていると思って言わないだけなのだろうか。それとも、やはり情事を期待しているだけなのかしら。

「子供たちはどうするの?」

「どうするかって?」ジャロッドはかすれた声で言った。「ミセス・モーンが見てくれるさ、そのためにいるんだから。ぼくたちの関係は秘密にしておく。シアトルにはもっと頻繁に来るようにするよ」

やはり情事なのだ、この人の頭にあるのは! どこまでわたしを傷つければ気がすむのだろう。

「どうした、なぜ黙っている?」ジャロッドは顔を少し引いた。「ここがいいと言うならそれでかまわない。いっしょに過ごせるところならどこでもいいさ」

「ジャロッド、あなたはすてきな人だわ。正直言って、あなたにひかれています。でも、ただの情事なんていや」

ジャロッドの顔色が変わった。「いつぼくがそんなことを言った?」

ドミナイは眉間《みけん》にしわを寄せた。「はっきりとは言えないけれど。初めてわたしのオフィスに来たとき、あなたはわたしを、宣伝になるものならなんでも利用すると言ってなじったわね。わたしを見下していたんだわ」

「あれは君を知らなかったからだ!」ジャロッドは

ほえるように言った。だがドミナイは平然と言い返した。

「そしてよく知っている今、ベッドを共にしようと言うのね？」

「それはこじつけだ。ぼくはドミナイ・ローリングの本当の姿を知っているし、ベッドの中でも生活の中でも、ドミナイ・ローリングを欲しいと思っている」

ドミナイは涙がこぼれそうになるのをこらえた。

「ただし誰にも、子供にも知られないように、あなたの家の外で、でしょう？」

「当たり前だ、ストーリー・プリンセスのイメージを壊してはまずいと思うからだよ！」

ドミナイはもう我慢できなかった。「そうね、秘密の情事ならわたしの評判は傷つかないものね！」

「情事だなんて誰が言った？　ぼくの生活の一部になってほしいと言ったんだ。それに、子供たちに知れたらいずれ外にもれるだろう？」

「どこかでもれるものだわ。妊娠したらどうするの？」

ジャロッドの瞳がぱっと明るくなった。「そうしたら君も生まれた子もぼくが面倒を見るさ、一生ね。ドミナイ……君が必要なんだ」

最後は真剣な表情だった。しかしドミナイはくるりと後ろを向いた。

「わたしは？　わたしが欲しいものが何か、わかっているの？」

ジャロッドは背後から手を回して引き寄せ、「君がしてほしいことはなんでもする。わかってくれよ、今のぼくの気持を」と言うとドミナイのうなじに唇を押し当てた。唇は麻薬を含んでいるかのようにドミナイの感覚を麻痺《まひ》させ、抵抗する力を奪った。

「考えてみるわ」ドミナイはしおらしくささやいた。するとジャロッドは不服そうな声をあげた。「考えることなんてあるのか?」そしてドミナイを振り向かせた。だがキスしようとすると、彼女はすばやく身を引いた。

「ありすぎるくらい。情事は一日限りのものだし……それに男の人とベッドを共にした経験がないの。だからそう簡単に決心はつかないわ」

ジャロッドはドミナイの手を取り、てのひらにやさしく唇を触れて顔を上げた。

ドミナイは手を引いた。「ええ。あなたの知らないことはたくさんあるのよ。時間が欲しいわ」

ジャロッドはもう一方の手で、とまどうように自分の胸をさすった。「恋をしたことはある?」

「ええ、たぶん一度」

「カーターか?」

ドミナイは涼しい顔で答えた。「いいえ、ロベルト・ベッリーニよ」

ジャロッドは意外そうな顔をした。「あのテノールの?」

「ええ。ローマでのオペラのオーディションで、わたしのことをアメリカの薔薇と呼んだの。それでいっぺんにあの人が好きになったわ。でもあとで、ゲルダをドイツのエーデルワイス、アニタをメキシコのけしと呼ぶのを聞いて冷めてしまったけど」

ジャロッドは頭をのけぞらせて笑い出した。そして笑いながらドミナイを抱き寄せた。哄笑《こうしよう》の豊かな響きを頬に感じて、ドミナイも思わず顔をほころばせた。やがてジャロッドはドミナイのうなじに顔を埋《うず》めた。「ああ、ドミナイ……」ジャロッドの喉にまた笑いがこみ上げた。「まったく、だから君に夢中なんだ。何を言い出すか見当がつかないよ。ところでぼくの質問にはいつ答えてくれるんだ?」最後はすっかりまじめな声に戻っていた。

ジャロッドの肩に頬を預けてぬくもりを楽しみながら、ドミナイの気持はもう決まっていた。ジャロッドを愛している。でも結婚以外のところで妥協する気はない。彼も少しは愛してくれているのかもしれないが、本気で結婚を考えるほど愛しているとは思えない。たぶんまだ亡くなった奥さんに未練があるのだろう。

とにかく、一夜の情事などでは、自分が傷つくだけだと思えた。ひとり寂しく捨てられるのが落ちだ。

ドミナイはそっと離れた。「今、答えるわ。あなたの勉強した深層心理に従えば、わたしはあなたのところに行きたいの。でも行ったらきっと後悔することになるわ。わけは言いたくないけれど。だから答えはノーだわ」

ジャロッドはしばらく黙っていた。ドミナイにはその沈黙は反駁《はんばく》されるよりこたえた。

「もう二度と誘わないよ」

ドミナイは拍子抜けした。「わかったわ」

ジャロッドは一瞬いどみかかるように目を光らせ、それから黙って出ていった。

ドミナイにとって二月はわびしい月だった。ジャロッドは二度と戻ってこない……この胸の痛みが、癒《いや》されるときが来るのだろうか。ドミナイは父や母が亡くなったとき以来の喪失感を味わっていた。再び仕事に打ちこむしかなかった。倒れるほどくたくたにならなければ眠ることができない。週末のセーリングがただ一つの楽しみだった。

二月の最後の日には、オペラハウスでオラトリオ・ソサエティと共演することになっていた。演目は《メサイア》だ。そのための日々のリハーサルもドミナイにとっては救いだった。

当日、ドミナイは白を基調に、装いを整えた。白のフルレングスのクレープドレスに真珠のネックレス、耳には真珠のイヤリング。イヤリングはジャロッドからのクリスマスプレゼントだった。使うことはあるまいと宝石箱の奥深くしまっておいたのを、なぜかこの日取り出したのだ。耳につけると、イヤリングはいっそう伸びた髪の下にひっそりと隠れた。

公演は上々のできだった。特に、父親の好きだった〝神は羊飼いのごとく、その群れをやしない〟のパッセージはよく歌えたと思った。楽屋は押しかけたファンで身動きできないほどの騒ぎだった。人々の祝福をひととおり受けて帰ろうとしたとき、誰かドレスの裾《すそ》を引っ張る者がいる。振り返ると、人波に埋もれそうになりながら、懸命に見上げている青い目の男の子がいた。

「マイケル！」ざわめきがはたとやみ、人々の動きが止まった。そのすきにドミナイはマイケルを抱き上げた。「すごい、信じられないわ」

「ほら、ミセス・モーンに言ったとおりだ。ぼくと会ったらドミナイは絶対喜ぶもん」マイケルはにっこり笑ってドミナイの首にかじりついた。

ドミナイは喉がつまって窒息しそうになりながらたずねた。「ミセス・モーンはどこ？　ピーターは？」

マイケルはドミナイの腕の中で体をよじった。

「あっちだよ」

指さす先に階段が見える。ドミナイの胸は躍った。

「お父さんもいっしょ？」ドミナイは人波をかき分けながらたずねた。

「ううん。パパはロサンゼルスに行ってる。ぼくたちは学校があるから行けなかったけど、今度は連れてってくれるって」

「そう……」仕事？　それとも休暇かしら？　ドミナイの頭をかすめたのは、女性と連れ立って歩いているジャロッドの姿だった。

「ほら、あそこだよ」ピーターの叫び声がした。目を上げると、彼は人波をかき分けてすぐそばまで来ていた。ドミナイはマイケルを下ろしてピーターを抱きしめた。二人ともドミナイの編んだセーターを着ている。

「会いたかったわ、ピーター」

「ぼくも」ドミナイの体にしっかり腕を回して見上げるピーターは、少しの間にずいぶん大人びたように見えた。「パパは電話をかけさせてくれないんだ。でもコンサートで会ったのなら怒れないさ」

「ミス・ローリング……ドミナイ」ミセス・モーンはまだ人ごみの中で最後の格闘をしている最中だった。やっとたどり着いたミセス・モーンとキスを交わすと、ドミナイは子供たちの手を取った。「コンサートのことを知って、いても立ってもいられなくなって」ミセス・モーンはひと息入れて言った。「《メサイア》を聞くとブレマトンにいらしたころを思い出しますわ」

「よかったよ、ドミナイ。でもぼくはどちらかというと、『ジンジャーブレッドマン』がいいな」マイケルがませた口調で言った。ドミナイはミセス・モーンと顔を見合わせてほほ笑んだ。するとピーターもつられて笑い、マイケルもわけもわからずに笑い出した。まるでブレマトンにいるようだ。そう、これが家族の匂いというものだわ。ドミナイは心の中でつぶやいた。

「そうだ、みんなでわたしの家に来ない？　途中で中国料理のテイクアウトを買って、パーティをしましょうよ。歌うとおなかがすくの。どう？」

いきなりこんな話を持ち出されてはミセス・モーンも困るだろうと思ったが、ドミナイは言わずにはいられなかった。長い間、子供たちに会えなかったのだ。今は反対するジャロッドもいない。ひと晩楽しく過ごしたら、いっそう寂しさがつのるだろうということなど考えている暇はなかった。

「いい、ミセス・モーン？」子供たちは声を揃《そろ》えて叫んだ。

「シアトルに用があるなら、明日の朝までこの子たちを預かるわ。そうすれば今夜ゆっくりお話できるし。寝るところはソファがあるから心配しないで」

子供たちはドミナイの顔をじっと見つめた。ドミナイは二人にとって、天上からの使いだった。

ミセス・モーンはにっこりほほ笑んだ。「お邪魔でなければ。この子たち、それはもう会いたがっていたの。わたしは市内に姉がいるので、そちらに泊まることにしましょう」

「そちらがよければ、週末ずっと預かるというのはどうかしら。仕事は月曜日までないし」

ミセス・モーンと別れるころには、人の波はかなり引いていた。ピーターとマイケルは相変わらずドミナイの手にしがみついている。ドミナイはスキップしたいほど浮かれていた。だが同時に、二人のちょっとした言葉の端々やしぐさにジャロッドを思い出すと、ドミナイの胸はきりきり痛んだ。

途中で中国料理のテイクアウトを買うと、車はまっすぐドミナイのアパートメントに向かった。ピーターとマイケルはのべつまくなしに、ドミナイが去ってからのことをしゃべりたてた。ドミナイはそれとなくジャロッドのことをたずねては、むさぼるように答えに聞き入った。

ベッドに入ってからも話は止まらない。このひとときを一生の思い出として生きていかなければならないのかもしれない。しかしクリスマス以来ジャロッドの機嫌が悪いということを聞いたとき、ドミナイはかすかな希望を感じた。

「パパはなぜドミナイにキスしたの？　パパはドミナイが嫌いなんでしょう？」ピーターがぽつりと言った。ドミナイにとっては残酷な言葉だった。

「それは答えられないわ。大人はときどき変なことをするものなの。どうしてそんなことをするのか、大人にもわからないの」

「パパなんか嫌いだ」

「だめよ、そんなこと言っては」ドミナイはやさしくピーターの腕をたたいた。「お父さんはあなたが大好きなのよ」

「ううん。校長先生より意地が悪いよ。ドミナイといっしょにいたいな、でもだめなんだよね。大きくなったら家を出るんだ。マイケルも出るって」ピーターはため息をついた。まるでジャロッドの家は苦悩の泥沼となっているかのようだ。「ねえ、明日シアトル水族館に行かない？」ピーターが話題を変えた。

そういえば、以前ピーターとマイケルはこの計画を立てていた。

「いいわね。最後に行ったときは父といっしょだったかしら。もう何年も前だわ。さあ、そろそろ寝ましょう」マイケルはいつのまにか寝息をたてている。

ピーターは、枕《まくら》に頭をつけると早くもまぶたが閉じ始めた。「ドミナイ……大好き」

「わたしも好きよ、ピーター」ピーターの頬にキスすると塩辛い味がした。

週が明けると、ドミナイは重い心をかかえて仕事に出かけた。別れるだけでもつらいのに、再会を約束することができなかった。子供たちもそれを知っているので何も言わなかった。

子供たちの元気のいい声の聞こえないアパートメントは洞窟《どうくつ》のようにうつろだ。ジャロッドが去ってから、うわべだけなでているような日々が続いていた。世界の縁に立って傍観者のように中をのぞきこんでいるだけのようで、生きている実感はまるでなかった。

10

「ミス・ローリング？　モーンですけれど」

「まあ、ミセス・モーン、何かあったの？」

ドミナイは受話器を握り直した。仕事から戻ったばかりでまだコートを着ていた。彼女から電話ということは、悪いことがあったに違いない。

「家の人はみんな元気です」

「まあ、よかった」ドミナイは胸をなで下ろした。

「日曜日の朝別れてから、なんとなく気にかかっていたの」

「ええ、わかりますわ、こちらでは子供たちが朝から晩まであなたの話ばかりしていますわ。だからというわけではないんですけれど、実は娘の双子の子どもたちが、片方はかぜ、もう一方は中耳炎にかかって、その看病で娘が倒れそうなんです。だいじょうぶとは言っていますけれど、わたしは心配で。悪いことに、今ドクター・ウルフは留守ですし……」

「ピーターとマイケルの面倒を見てほしいのね？」

「ええ、お願いできれば！　ほかの人では安心して頼めませんの。アイダホのクール・ダレーヌにあの子たちの叔母さんがいますけれど、子どもたちがあまりなついていなくて。いよいよとなったらドクター・ウルフに電話するつもりですけれど……」

ドミナイはどきりとした。「だめ、その必要はないわ。わたしもこれでやっと看病していただいたお礼ができるもの」ドミナイは声を落とした。「ジャロッドはいつ帰るの？」

「三週間後です。ロサンゼルスで医学会議があるので、ついでに休暇を取られました。奥様が亡くなられて以来、全然お休みを取ってらっしゃらないので、わたしもできれば電話したくないんです」

「そうね。あなたは娘さんのところにいらっしゃい、あとは気にしないで」

「でもお仕事に差し支えません？」

「なんとかするから、だいじょうぶ。今夜中に行くわ、夜中になると思うけれど」

「ただ、わたしはいつごろ戻れるかわからないんです」

「いつでもいいわ、気にしないで。かわいいお孫さんの病気ですもの」

「そう言ってくださると思いました。ではお待ちしております。外の明かりをつけておきますので。運転にお気をつけて」

「ええ。電話して娘さんをほっとさせておあげなさいな」

「本当におやさしい方ですわ。ご親切は忘れませんん」


電話を切ると、ドミナイはわくわくして胸を抱きしめた。まずカーターに電話しておこう。何回かかけたが誰も出ない。結局、留守番電話に伝言を残し、荷物をまとめ、隣の人に留守中のことを頼み、あわただしく車に乗った。

九時半にはフェリーに乗るためシアトルに向かっていた。ジャロッドが何度も通った道、そこを今走っているのだ。そう思うとつかの間、彼といっしょにいるような気がした。でもそれは本物のジャロッドではない。この寂しさが、あの人にわかるだろうか……。

やがて車は橋を渡った。そのときドミナイはふと気がついた。ジャロッドはしょっちゅう家に電話をしているに違いない。子供たちが学校にいる間にかかってきたら、どうすればいいのか……留守番機能をセットしておけばいい。では、わたしが家にいることにジャロッドが気がついたら？　そのときはミセス・モーンに任せればいい。もうよけいなことを考えるのはやめよう。

また去る日のことも。いずれその日は来る、そのときはそのときだ。

夜中の十二時半、車はほぼ予定どおりウルフ家の庭内路に入った。相変わらずピュージェット湾から強い風が吹き上げている。玄関前に車を止め、ヘッドライトも消さないうちに、ピーターとマイケルが歓声をあげて飛び出してきた。

二人はロフトでいっしょに寝るんだと叫び、マンドリンの入ったケースをもの珍しげに見て、これは何、とたずね、わあわあ騒ぎながらドミナイの荷物を引きずっていった。ピーターはすっかりマンドリンを習う気になっていた。

「明日ね。今日はもう寝る時間でしょう？ わたしはミセス・モーンが行く前にいろいろ聞いておくことがあるし」

子供たちをベッドに寝かしつけ、おやすみのキスをして、ドミナイは急ぎ足で階下に下りた。

入るときには気づかなかったが、玄関わきにスーツケースが置いてあった。「ミセス・モーン、誰か迎えに来るの？ それともタクシー？」

「義理の息子がじき着くはずです。娘の家の電話番号とドクター・ウルフの急ぎの連絡先は電話帳に書いてありますから。ドクター・ウルフは毎晩電話をかけてきます、今夜はまだですけれど。そんなところかしら。あ、そうそう、車のキーは電話帳の横にあります」

「わかったわ」ドミナイは落ち着かないようすで腰をさすった。「でもわたしが子供たちの面倒を見ていると知ったら、ジャロッドはいい顔をしないかもしれないわ」

ミセス・モーンは余裕たっぷりに笑みを浮かべた。

「あの子たちの世話を五年間してきたのはわたしで

す、誰にも文句は言わせません。あなたがあの子たちを愛してらっしゃるのは、わたしが知っています。それで十分じゃありませんか」

ミセス・モーンから家事のこまごました説明を受けているうちに、表で車の音がした。

「息子でしょう。じゃあ、さよなら、ドミナイ。感謝しています」

「わたしこそ。これでお互いさまね」

キスを交わし、ドミナイはミセス・モーンのためにドアを開けた。だが外を見ると、ドミナイのなごやかな気分は吹き飛んだ。スーツケースを手に、ショルダーバッグを肩にかけて歩いてくるのは、ジャロッドだった。ドミナイは顔から血の気が引くのがわかった。

ポーチの明かりに照らされた顔はやつれ、不精ひげが伸びていた。しかし、今まで見た中でいちばん魅力的に見えた。

ジャロッドは二人の姿に気づいて立ち止まった。鋭い視線で見つめられると、ドミナイは遅ればせながら、彼に断りもなく来たことに気づいてうろたえた。

「まあまあ。逃げ出してもなんの解決にもならなかったでしょう?」

ドミナイはびっくりした。いつも最高の敬意を払っているジャロッドに対して、ミセス・モーンが軽口をたたくとは。

ジャロッドは旅行かばんをゆっくり地面に置き、腰に手を当てた。「これで役者が揃《そろ》ったというわけか。どういうことだ、これは。誰か説明してくれないか? それともきくだけ野暮か?」

ミセス・モーンが顎をぐいと突き出した。「そんなことありません、よく目を開けてごらんなさいな」

「ふん、悪さをしたピーターやマイケルをかばうときの君の口癖だな。なんだ、言ってごらんなさい」

「患者を診る腕は一流かもしれませんが、ご自分のこととなるとからきしだめなんですね」

ジャロッドの顔がこわばった。「なるほど、ちょっとした小細工を弄《ろう》したというわけだな？」

ドミナイがおずおずと話に割りこんだ。「あの、ミセス・モーンは双子のお孫さんの看病をしなければならないので、わたしが子供たちの世話をしに来たの」

ジャロッドはドミナイをじろりと見た。「パム、デニス、それに双子が一家揃ってアリゾナへ休暇に行っているとなると、ミセス・モーンはたっぷり待たされるだろうな」

ドミナイはあっけにとられてミセス・モーンを見た。何がどうなっているのか、さっぱりわからなかった。そのときホールでぱたぱたという足音がして、マイケルが勢いよく、続いてピーターが兄らしく少し控えめに飛び出してきた。

「パパ、ずいぶん早かったんだね」

ジャロッドはマイケルを抱き上げ、ピーターの頭をなでた。「君たちがいなくて寂しかったから、早く帰ったのさ。かばんにおみやげがあるよ。二人でかばんを居間に運んで、探してごらん」

二人は嬉々《きき》として運んでいった。

「ジャロッド・ウルフ、まずこのことは知っておいてくださいな。ミス・ローリングに頼んだのはこのわたし、嘘《うそ》をついたのはこのわたしです。ミス・ローリングは何も知りません」ミセス・モーンは毅然《きぜん》として言った。

ミセス・モーンが嘘をついた？「どういうことなのかしら」ドミナイは茫然《ぼうぜん》としてミセス・モーン、そしてジャロッドの顔を見た。だがジャロッドの無表情な顔からは、何もうかがい知ることはできなかった。

「ドミナイ、中で待っていてくれないか？　ちょっとミセス・モーンと話がある」

「ええ」ミセス・モーンをちらりと見て、ドミナイは二人の前を離れた。不可解な表情だ。ドミナイは頭をひねった。気になる妙な目の輝き。この場の混乱を楽しんでいるような感じさえする。

「お医者さんごっこしようよ」居間に入ると、マイケルが呼んだ。ジャロッドのおみやげはお医者さんごっこのセットだったのだ。テーブルの上には帆船の模型キットの箱が包みのまま投げ出してある。これはピーターへのおみやげのようだ。

「さあ、もう寝なさい」

「ドミナイ、寝る前にちょっとだけマンドリンを弾いてもいい？」ピーターが静かにきいた。

「ちょっとだけよ。そうしたらベッドに入るのよ」

「ありがとう」ピーターはマンドリンを取りにロフトに飛んでいった。

「ねえ、横になって」マイケルはお医者さんごっこに夢中だった。「ドミナイはバイクで交通事故にあったんだよ、いい？」

「けがはひどいのかしら？」ドミナイは外の成り行きを気にしながら床に腰を下ろした。

「あなたは死にかけていますね」マイケルは首に聴診器をかけゴム手袋をはめながら、まじめくさって言った。

ドミナイはスエットシャツをジーンズの外に出し横になると、額に手を当ててうんうんうなった。するとマイケルはドミナイのテニスシューズを脱がせ、まず足の裏、それから膝の反射を調べた。

「これはいけない、脚が折れているな。ギプスだ」伸縮包帯をドミナイのふくらはぎに器用に巻きつける。「痛み止めの注射をしましょう」マイケルはかばんから大きなプラスティックの注射器を取り出し、腕のあちこちに押しつけた。「額を打っていますね、氷嚢《ひょうのう》を当てましょう」ドミナイの額に氷嚢がぼちゃんと載った。「次は心音を聞いてみましょう」

「今度はぼくが医者になる番だ」

「パパ！」マイケルがいきなり立ち上がった。

マイケルが聴診器を当てていたら、本当にどきんと聞こえたかもしれない。氷嚢が右目を隠している。左目も隠れていたらよかったのに……。ドミナイはできればジャロッドの表情を見たくなかった。

「さあ、ベッドに入りなさい。ピーターは？　階上《うえ》か。あとで布団をちゃんとかけてあげるから」マイケルはすなおにおやすみのあいさつをして、二階に上がった。

二人きりになった。ドミナイは体を起こした。さっさと出ていけと言われるのだろう。振り向くと、ジャロッドはネクタイを取り、襟のボタンをはずしていた。開いた襟の間からのぞく、がっしりした首すじが脈打っている。ドミナイは自分の脈もそれに合わせて打っているような気がした。

「二度とわたしの顔を見たくないのはわかっているわ。でも、まだあの子たちが起きているから騒ぎたてないで。黙って出ていくから」

「子供たちを刺激する気はない」ジャロッドはかがみこみ、ドミナイをそっと横にならせた。「いきなり驚かせたら君の心臓は止まるんじゃないかな。診てみよう」ジャロッドが聴診器を胸に当てると、ドミナイは息が止まった。彼は眉をひそめた。「不整脈がある。副腎《ふくじん》が活発な分泌を行っているせいだ」聴診器が離れても、ドミナイは標本の蝶《ちょう》のように身動きできなかった。「君の説明が聞きたい。ただし、子供が寝てからだ」

「ミセス・モーンは？」

「自分の部屋にいる。彼女の呼んだタクシーはぼくがキャンセルした」

「そう」

ジャロッドはしばらく黙ってドミナイの体を見ていた。「信じられんな。その脚の包帯、見事な巻き具合だ。あの子は医者にしようか」それきりまた黙りこくった。

見つめられているのは恥ずかしいような、どきどきするようなおかしな気持だった。だが、とうとうドミナイは耐えきれなくなって立ち上がった。

「ミセス・モーンがどんな言い訳をしたか知らないけれど、悪いのはわたしだわ。たまたまわたしの《メサイア》を聴きに来たあの子たちをアパートメントに誘ったのは、わたしですもの。でも楽しかった。ピーターも帰りたがらなかったわ」

「ピーターは君が好きだ」ジャロッドはすなおに言った。「あの子はコンテストに応募して以来ずっとおかしい。落ち着きを取り戻させるには君をここに呼ぶしかない。ミセス・モーンは鋭い女性だから、それがわかっていたんだな。それで口実を作って、君を呼び寄せたんだ。でも、まさか来るとはね！」

まさか来るとは？　わたしのことをそんなふうに思っているのかしら。ドミナイはまじまじとジャロッドの顔を見た。

「なぜそんな言い方をするの？　本当にあの子たちが好きなのよ。そう言ってもあなたが信じないのはわかっているけれど。ミセス・モーンから電話をもらってうれしかったわ。カーターに連絡もしないで飛んできたくらいですもの」

ジャロッドの目がきらりと光った。「ぼくが君を信じたがっているとは思わないのか？」

ドミナイは首を振った。「なぜすなおになれないの？　わからないわ」

ジャロッドの顔がみるみる能面のようになった。「アマンダはいつもぼくとピーターを愛していると言っていた。そのくせ報道番組の取材だのなんだのと、しょっちゅう出歩いていた。結婚した日に悟ったよ、これこそキャリアウーマンの名にふさわしい女だとね。家族の行事や休みより仕事が第一だった。ピーターに大事なことがあったときにいたためしがない。あげくの果てが毎日けんかだ。少しでもいっしょにいようとして、こちらはどれだけ時間をやりくりしたか。でもそんなことをしてもむだだった――こちらがあがけばあがくほど、泥沼にはまるばかりだった。苦労して時間を作っても、アマンダはテレビ局に出かけたり独身の友人と遊び歩いたりしていた。マイケルの妊娠がわかったときも、アマンダは失敗したと言っただけだった。生まれても面倒をまるで見ないしね。だいたい妊娠する暇があったこと自体が奇跡だ」

思いがけない告白を聞いて、ドミナイはカウチに座りこんでしまった。そんな彼女の前を行ったり来たりしながらジャロッドは話し続けた。

「ある日、自分がもうアマンダを愛していないことに気づいた。彼女に抱いていた気持は死んでしまったんだ。だから二人がうまくいかなかった責任の一端はぼくにある。初めて会ったとき、アマンダはもうレポーターをしていた。ピュージェット湾の歴史ドキュメンタリーを製作しているとかで、波止場で次々と鋭い質問を浴びせてきた。そんな彼女にひかれた。兄のアダムが亡くなったころで、ぼくも気分転換が必要だったんだ。そのころまだ学生だったから、結婚までは考えていなかった。でも彼女に口説かれて、家庭を持つのもいいかもしれないという気になった。ところが彼女のほうは式が終わるまで、子供を作りたくないということを隠していたんだ。結局うやむやのうちにピーターができたけれど」

想像とあまりにかけ離れた話だ。ジャロッドは妻以外の女性を愛することができない――それが問題なのだと思っていたのに。ドミナイは混乱する頭を必死に整理した。そうではなかったのだ。ジャロッドがいつもわたしに敵意を持っているように思えたのは、わたしの仕事を、人前に出る仕事を憎んでいたからなのだ。

「アマンダとは亡くなった日の朝もけんかしていた。マイケルはまだ四カ月だった。だからもう少し大きくなるまで仕事をパートタイムにしてくれと頼んだんだが、彼女は母親業に専念する気はないと言った。ぼくとベビーシッターに任せきりなんて、おまけに夫婦げんかだなんて、子供にいいわけがない。ピーターも荒れていた。だからこのまま彼女が仕事を続ける気なら別れようと思った。実際そう言ってやった」

ドミナイは泣きたい気持だった。かわいそうなジャロッド。彼の目には、わたしもアマンダと同類の人間に映ったのだ。事情を早く知ってさえいたら、お互いにこれほどの誤解をせずにすんだのに。

「悪いとは思うけれど、アマンダが亡くなってもなんとも思わなかった。悲しくも、残念でもなかった。ただ二度と結婚はすまい、そう思っただけだ。ミセス・モーンはその少し前に夫を亡くしていた。人の紹介で、家のことを頼んだら快く引き受けてくれた。いい人に恵まれたよ。ピーターはすぐなついたし。本当にいい人に出会った。ぼくらはうまくいった。もうだいじょうぶだと思っていた。四カ月前まではね」ジャロッドは苦痛に満ちたまなざしをドミナイに投げかけた。「あのコンテスト事件で、それは幻想だったことがわかった。ぼくは母親代わりにはなれないということが。ピーターにとっても初めての経験だった、アマンダから一度も受けたことのないものを君から得たんだ。愛情だ。君にスタジオを見せてもらったときに、ピーターはそれを感じたらしい。たいしたことがあったわけじゃない——君はあの子たちのためにあそこにいて、あの子たちに手を差し伸べた、それだけなんだが。それ以来、二人とも君から離れられなくなった」

ドミナイはうれしかった。彼はすなおにわたしと子供たちとの愛情の交流を信じてくれたのだ。

ジャロッドは足を止めた。「二人でハンガリー人のビストロに行ったとき、君はツアーに出るからその場で子供たちといつ会うか約束できないと言ったね。ああ、この人もアマンダと同じだ、とあのとき思った――いや、アマンダより始末が悪い、子供たちは君を慕っていたから。君は今は暇がない、いや永遠に会えない――それをどうピーターに説明しようか、頭をかかえたものだ。ぼくは苦しみながら待つなんて二度とごめんだった。ピーターもさんざん同じ苦しみを味わってきたんだよ」

「打ち明けてくれたらよかったのに」

ドミナイが悲しげに首を振ると、ジャロッドは打ちのめされたような暗いまなざしを投げかけた。

「それでも君はツアーに行っていたさ！」

「ええ。でもそうと知っていたら、なんとかあとで会う約束をしたと思うわ。ピーターと二人で楽しい計画を立てて」

「二人で？」ジャロッドは疑わしそうに言った。

「あの子たちと会っていると本当に楽しいもの。ツアーの予定がなかったら、あなたの招待に飛びついていたわ。わざわざブレマトンまで来たのはなぜか、あなたにはわからない？　調子が悪くて休みを取ったのに、その足で来たのよ、なぜだと思う？」

ジャロッドは天井を見つめていた。「君が町にいると聞いたときの、あの子たちの顔を見せたかったな」やがてそうつぶやくと、ドミナイに視線を戻した。「あのときは、どうしていいかわからなかった。あれで子供たちは信じこんだんだ、君にとって自分たちは重要な人間なんだとね。違うとは言えなかった。あの子たちが君に振り回されるのは、見ていてつらかった」

「でもね」ドミナイは静かに言った。「本当にわたしにとっても、あの子たちはかけがえのない存在だったのよ、いえ、今でもそうだわ。好きでたまらないの。不思議ね、わたしが産んだわけでもないのに。でも自分よりあの子たちのほうが大事なの」

「わかっている」ジャロッドはかすかにうなずいた。「君は愛しているふりをいつまでも続けられる人間じゃない。さっき居間に入ったとき、君はただマイケルを喜ばせるために横になっていた。あれを見てわかった。間違いだったよ、子供たちを君から引き離そうとしたのは。ピーターはぼくより君を選んだんだ。ドミナイ……」ジャロッドはすがるようにドミナイを見つめた。「ぼくが君の仕事に口をはさむ余地がないのはわかっている。アマンダのことで経験ずみだからね。でもお願いだ、子供たちを見捨てないでほしい。あの子たちには君が必要だ」

ドミナイはあふれそうになる涙をこらえた。これほどあの子たちを愛しているのに、いっしょにいられない。あの子たちを愛しているのに、ジャロッドは愛してくれない。それでこの注文だなんて、あまりにも残酷だ。

「あの子たちは好きだけれど、いえ、好きだからこそできないわ。別れたあとがよけいつらくなるもの」

「そうだな」ジャロッドは両手で髪をかきむしるようにした。「こんなことを頼めるすじ合いじゃない。悪かった」

もうだめだ。涙をこらえられない。ドミナイは荷物を取ってくると言い、うつむいたまま小走りに階段を上がっていった。

「ドミナイ?」ジャロッドはあとを追って階段を駆け上がった。追いついたのは寝室の中だった。「ドミナイ……」ジャロッドは背後から彼女を抱き寄せた。「行かないでくれ。君が好きなんだ」

ドミナイはうなじにキスの雨を浴び、くるりと振り向かされたと思うと、口をふさがれた。

「君ほど美しい人には会ったことがない、君ほどすてきな人には会ったことがない。結婚してくれ、ドミナイ」ジャロッドはかすれた声でささやいた。

「いつかは君もぼくが好きになる、いっしょにいればそうなる。だからお願いだ、チャンスをくれ」

ドミナイは体をそらしてジャロッドを見上げた。

「ミセス・モーンの言うとおりだわ。ジャロッド、あなたは蝙蝠《こうもり》のように目が見えないのね。彼女は知っていたわ、あなたが好きで好きでたまらないから、わたしが……いいわ、証拠を見せましょう」ドミナイは手を伸ばしてジャロッドの顔をはさんだ。

するとジャロッドの目の中で青い輝きがはじけ、あっと言う間にドミナイは唇をふさがれていた。窓からさしこむ月明かりの中で抱き合う二人のまわりを、時がゆっくり過ぎていった。

「ドミナイ、結婚式のとき歌うの？」マイケルのかん高い声が響いた。

先に正気に戻ったのはジャロッドだった。胸が小刻みに震えたかと思うと、彼は体を揺すって笑い出した。その腕に抱かれて、ドミナイは少しずつ落ち着きを取り戻した。

「ドミナイが歌わない結婚式というのは、これが最初で最後だろうな」そう言ってジャロッドはまた唇を重ねた。その最中に部屋がぱっと明るくなった。ピーターが明かりをつけたのだ。手にはマンドリンをさげている。マイケルはその隣に足を開いて立っていた。明るい光の下で見るジャロッドの目は愛の輝きに満ちていた。「ストーリー・プリンセスは花嫁になる。白いドレスを着て」ジャロッドは彼女の耳のそばでささやいた。「それもできるだけ早く。でないと、花婿は結果に責任を持てないよ」

「ベッドに戻りなさい、子供たち」いつのまにかミセス・モーンが、ガウンをはおって立っていた。

「お父さんとお母さんをそっとしておいてあげるんですよ。お父さんがおっしゃったのは、ホルモンに関係することです」

耳ざといミセス・モーンには聞こえていたのだ。ジャロッドはまた体を揺すって笑った。「ホルモン？　とんでもないことを言う人だ。ところで、あなたの悪巧みは必要なかったんですよ」そう言ってドミナイを抱きしめた。「家を出てすぐわかった、現実から逃げてもしかたないとね。だから、会議が終わりしだい戻ってドミナイに結婚を申しこむことにした。でもありがとう、ミセス・モーン、わざわざドミナイのアパートメントに出向く手間が省けましたよ」

ピーターが眠そうに目をこすりながら言った。

「ぎりぎりセーフだったよ、パパ。ぼく、ドミナイのアパートメントに家出するつもりだったの。そうすれば、パパは連れ戻しに来なくちゃならないでしょう？　でもよかった、パパもやっとドミナイのことがわかったんだ」

「そうだよ」マイケルが得意そうに、ぽっちゃりした顎を突き出した。「パパは言ってたもん、ドミナイは子供が嫌いかもしれないぞって。それから、うちに帰ったら、じ、じんあくが、全然違うかもしれないって」

「じんあくじゃないよ、じ・ん・か・く」ピーターが口をはさんだ。

見ると、ジャロッドが顔を赤らめている。ドミナイは思わず彼の頬にキスした。「ピーターがよくそのことを手紙に書かなかったわね」

「これからは、子供の前ではひと言も口をきかないぞ」ジャロッドはドミナイの耳に鼻をすり寄せた。「一生寝室に閉じこもって愛に励むことにしよう」

子供たちは気配を察したのか、ミセス・モーンにすなおに追いたてられていった。

「約束してくれる?」ドミナイが誘うようにほほ笑むと、ジャロッドは体をこわばらせた。「おなかの中で赤ちゃんが大きくなるのを感じてみたいの。ピーターとマイケルを見ていると、欲しくなるわ」

「わかってないな、欲しくなるというのがどういうことか。まあいい、そのうちわかるさ。あの日、テレビ局の前に立っていた君は、本当に美しかった。ぼくのイメージとはまるで違っていた。魔法にかけられたんじゃないかと思ったよ」

ドミナイはジャロッドの顔にキスの雨を降らせた。

「あなたもわたしの想像とは全然違う人だったわ。もっと年がいっていて、お金に困っていて、悲しみのあまり分別をなくしている人だと思っていたの」

今度はジャロッドがキスを返した。「その代わり、君は欲望に分別を失ったおかしな男に会ったというわけか」それから悲しげにつけ加えた。「まったく分別のない男だった」

「でも本当は……」ドミナイは彼の悲しげな口を指でなぞった。「……あなたに夢中だったから、つらく当たられても大目に見ていたの。あなたこそわたしが探していた人だわ。本当よ……愛しているわ」

ジャロッドは満足そうにため息をついた。だが、すぐまじめな顔になった。「いいかい、ドミナイ、ストーリー・プリンセスをひとり占めしたいとは思うけど、結婚のためにやめるなんてことはしないでくれよ。ただ、ぼくらが幸せになるにはどうすればいいか、それはいつもいっしょに考えてほしい」

アマンダから受けた痛手を乗り越えて、ジャロッドはもう一度、人を信頼しようとしている。ドミナイはその気持をひしひしと感じた。

「ええ、そうするつもりよ。実はハワイから帰ったあとカーターと相談して、週に三日は休みを取ることにしたの。もうそうしているわ」

「それは早手回しだな!」ジャロッドは目を丸くした。

「まだあるの。カーターは、わたしの仕事を一部ヘレンに引き継がせることを考えているわ。彼女をストーリー・ピクシーの名前でデビューさせるんですって。今度はストーリー・ピクシーが隔週で居間を侵略するのよ、どう?」

「いいね」ジャロッドがつぶやいた。「ごめん、まだ気が動転しているらしい」

「カーターには自分の時間が欲しいとはっきり言ってあるの。だから、わたしたちの都合で仕事のやり方を決めても彼は怒らないわ」ドミナイはジャロッドの肩に寄りかかった。「何よりも、あなたが第一」

「ドミナイ、君に見せたいもの、聞かせたいこと、君といっしょにしたいことがいっぱいある。ところで、もう一度船に乗ってみたいとは思わないか?」

ジャロッドはドミナイのうなじにキスした。「いろいろな夢や計画を描いてたんだ。でも実現するとは思わなかったよ」

ドミナイはジャロッドの顔を両手にはさんで、目をのぞきこんだ。「忘れないで、わたしには魔力があるのよ。なんでも可能だわ」

ジャロッドも唇と手に魔力を持っていた――愛という魔力を。

そして家の片隅にも、力を持っている魔女がいた。そろそろ娘の近くに行きますか、とひそかにほほ笑んでいる魔女が。彼女はほほ笑みながら思っていた。また新しいおとぎばなしが生まれた、それもわたしの魔法のおかげだわ。

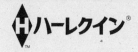

ハーレクイン・イマージュ　1992 年 4 月刊（I-713）

ストーリー・プリンセス
2024 年 6 月 20 日発行

著　　者	レベッカ・ウインターズ
訳　　者	鴨井なぎ（かもい　なぎ）
発 行 人	鈴木幸辰
発 行 所	株式会社ハーパーコリンズ・ジャパン 東京都千代田区大手町 1-5-1 電話 04-2951-2000（注文） 0570-008091（読者サービス係）
印刷・製本	大日本印刷株式会社 東京都新宿区市谷加賀町 1-1-1
表紙写真	© Alina Shilova ｜ Dreamstime.com

ISBN978-4-596-63512-9 C0297

ハーレクイン・シリーズ 6月20日刊 発売中

ハーレクイン・ロマンス

愛の激しさを知る

乙女が宿した日陰の天使	マヤ・ブレイク／松島なお子 訳	R-3881
愛されぬ妹の生涯一度の愛 《純潔のシンデレラ》	タラ・パミー／上田なつき 訳	R-3882
置き去りにされた花嫁 《伝説の名作選》	サラ・モーガン／朝戸まり 訳	R-3883
嵐のように 《伝説の名作選》	キャロル・モーティマー／中原もえ 訳	R-3884

ハーレクイン・イマージュ

ピュアな思いに満たされる

ロイヤル・ベビーは突然に	ケイト・ハーディ／加納亜依 訳	I-2807
ストーリー・プリンセス 《至福の名作選》	レベッカ・ウインターズ／鴨井なぎ 訳	I-2808

ハーレクイン・マスターピース

世界に愛された作家たち
～永久不滅の銘作コレクション～

不機嫌な教授 《ベティ・ニールズ・コレクション》	ベティ・ニールズ／神鳥奈穂子 訳	MP-96

ハーレクイン・プレゼンツ作家シリーズ別冊

魅惑のテーマが光る
極上セレクション

三人のメリークリスマス	エマ・ダーシー／吉田洋子 訳	PB-387

ハーレクイン・スペシャル・アンソロジー

小さな愛のドラマを花束にして…

日陰の花が恋をして 《スター作家傑作選》	シャロン・サラ 他／谷原めぐみ 他 訳	HPA-59

文庫サイズ作品のご案内

◆ハーレクイン文庫・・・・・・・・・・・・・・毎月1日刊行
◆ハーレクインSP文庫・・・・・・・・・・・毎月15日刊行
◆mirabooks・・・・・・・・・・・・・・・・毎月15日刊行

※文庫コーナーでお求めください。